"꺄하하핫. 말하는 거 개웃겨."

스포트라이트가 치이를 비췄다.

그건 일종의 공포였다.

아야가 땀투성이로 자고 있었다.

24

살신성인

제3부 나와 호랑이님 결(結) 5권

카넬 지음

영인 일러스트

목차

시작하는 이야기

어머니.

지금껏 몇 번이나 말했지만, 어머니께서는 내가 태어나기 전부터 온갖 위험이 가득한 곳을 오가며 교섭가로 활동하셨다.

전 세계를 무대로 삼아서 말이야.

어렸을 때의 나는 가끔씩 집에 돌아오는, 아니, 들르시는 어머니께 여쭤보곤 했다.

위험하지 않냐고. 힘드시지 않냐고.

그런 위험하고 힘든 일은 그만두고 곁에 있어 주셨으면 좋겠다고 솔직하게 말하지 못하는 내게, 어머니는 언제나 미안하다며, 네가 걱정할 건 없다며 자상하게 머리를 쓰다듬어 주곤 하셨다.

나는 그런 어머니가 자랑스럽기도, 원망스럽기도 했다.

지금이야 큰 탈 없이 교섭가로 활동하실 수 있었던 이유가, 그리고 활동하셔야 했던 이유가 있었다는 걸 알고 있지만…….

그렇다 한들 내게 어머니는 여전히 히어로나 다름없는 분이시다.

왜, 자기 엄마가 TV 뉴스 같은 곳에 나오면 어깨가 으쓱해질 만도 하잖아?

그런데.

내게 영웅이나 다름없는 어머니가 나같이 멍청하고 어리숙한 녀석에게 도와 달라고 말씀하셨다.

나는 그 사실에 머릿속이 새하얘졌다.

있을 수 없는 일이 벌어진 거니까.

그렇다는 건…….

상황이 상황이다 보니 젖 먹던 힘까지 써서 최대한 빠르게 돌아가기 시작한 내 머리가 어설프게나마 두 가지 가능성을 떠올렸을 때.

[짜짠~! 처음 뵙겠습니다! 전 에이라고 해요!]

단순 통화로 연결되어 있던 화면에 갑자기 한 명의 소녀가 모습을 드러냈다.

아! 이게 그 남들하고 잘 어울리는 사람들이 자주 쓴다는 영상 통화라는 거구나! 난 한 번도 써 본 적이 없어서, 내 휴대폰으로도 되는지 오늘 처음 알았다!

……근데 영상 통화는 처음부터 영상 통화로 전화를 걸어야 하는 거 아니었나?

하지만 그런 내 생각은 화면 속의 소녀.

짙은 금발을 양 갈래로 묶은, 약간 건방져 보이는 인상의 소녀가 과장된 몸짓을 하며 내뱉는 말에 사라졌다.

[깜짝 놀랐지, 왕 오빠? 이게 무슨 일인가 싶고.]

……왕 오빠.

지금까지 별의별 멸칭, 아니, 명칭으로 불려 본 나지만 왕 오빠라는 소리는 처음이라서 조금 신선하네.

하지만 그런 생각이 들었다고 해서 금언술이 풀릴 리가 없고, 화면 너머의 소녀는 내가 아무런 대꾸도 하지 않자 재미없다는 듯 인상을 찌푸리며 말했다.

[뭐야, 시시하게. 리액션이 없잖아, 리액션이. 이래서 방송을 모르는 일반인은 안 된다니까?]

방송? 리액션?

그건 또 무슨 소리야?

도와 달라고 전화하신 어머니. 하지만 그 휴대폰을 들고 있는 건 내가 처음 보는 에이라는 소녀. 그리고 방송이라는 단어.

그 세 가지가 머릿속에서 각각 따로 놀고 있을 때, 에이가 말했다.

[아하하하, 뭐야, 그 얼굴? 엄청 한심해 보인다. 극혐이야, 극혐. 뭐라고 말 좀 해 봐, 아싸처럼 굴지 말고.]

워낙 험한 말을 많이 듣고, 직접 한 적도 많다 보니 에이의 매도는 그다지 신경 쓰이지 않았다.

애초에 내가 지금까지 세희에게 들었던 독설은 저 정도는 우습게 여길 정도로 수위가 높았으니까.

지금 내가 신경 써야 할 건 어머니께서 지금 무슨 생각이신지, 왜 저 소녀가 어머니의 휴대폰을 들고 있는지 확인하는 것. 그것뿐이다.

하지만, 나와 마찬가지로 상황을 파악하지 못하고 옆에서 눈만 깜빡깜빡하며 화면을 보고 있다가, 나에게 쏟아지는 폭언에 눈빛이 달라진 랑이는 달랐다.

"……세희야."

무슨 일이 일어날지 대충 눈치챈 나는 손을 들어 랑이와 세희의 사이를 가로막았다.

랑이의 마음을 이해 못 하는 건 아니다. 하지만 지금은 그보다 중요하고, 확실하게 해야 할 게 있다.

그런 내 마음이 전해졌기 때문일까.

"으냐아……."

랑이는 하고 싶은 말이 많았을 텐데도 기운이 빠진 호랑이 소리를 내며 마지못해 고개를 끄덕였다.

나는 마음속으로 살짝 안도하며 입을 열었다.

벙긋벙긋.

그래요, 금언술에 걸려 있었죠. 그새 또 까먹고 말았습니다.

그리고 화면 속의 소녀는 그걸 놓치지 않았다.

[이상하다. 혹시 왕 오빠, 붕어야? 왜 그렇게 뻐끔거려?]

화면 너머의 소녀가 볼에 두 손을 대고는 과장되게 분홍빛 입술을 벌렸다가 오므리며 물고기 행세를 하는 꼴을 보고 있자니…….

참아라, 내 안의 강성훈.

아이들과 성의 누나 앞이다.

문제는 내가 표정 관리를 잘 못하는 편이라는 거지. 참는다고 참아 봤지만, 지금 내 기분은 얼굴에 다 드러나 있을 거다. 소녀 역시 그 점을 콕 짚어 말했다.

[왜? 화났어? 어, 화났구나? 화났어, 왕 오빠. 이야, 왕 오빠도 화를 내네? 그래서? 그래서 어쩔 건데? 응? 어쩔 건데~? 혼자서 할 줄 아는 건 아무것도 없으면서.]

뭐랄까, 좀 신기하다.

쟤, 지금까지 어떻게 살아 있는 거지?

세희의 독설과는 다른, 노골적으로 사람의 신경을 거슬리게 하는 말을 듣고 있자니 그런 생각이 들었다.

하지만 그건 그거, 이건 이거.

나는 재빨리 목을 툭툭 쳤다. 당장 아무나 빨리 금언술을 풀어 달라는 뜻이었고, 뭔가 생각에 잠긴 듯 휴대폰 화면과 나, 그리고 세희를 번갈아 보던 소희가 급히 내 목에 손을 댔다.

전기가 오른 것처럼 조금 따끔한 통증이 그친 뒤.

"아, 아."

나는 발언의 자유가 돌아왔다는 것을 깨닫고 말하려고 했다.

[아, 진짜 재미없다, 왕 오빠. 말 못 하는 벙어리도 아니고.]

말하려고 했는데.

[왕 바보 오빠, 설마 지금까지 눈치 못 챈 건 아니지? 응? 그러면 에이, 엄청 실망이야.]

과장되게 어깨를 축 늘어뜨리고 고개를 절레절레 흔들던 소녀가 손에 들고 있는 휴대폰을 돌렸을 때.

거기엔 돌바닥과 거친 벽돌로 쌓은 벽, 바닥과 벽에 붙어 있는 기괴하고 끔찍한 고문 도구들.

그리고 어머니가 계셨다.

철제 의자에 앉은 채 죄수처럼 손발에 족쇄를 차고 굵은 밧줄로 묶여 있는 어머니.

그 모습을 본 순간 머릿속에서 불꽃이 튀었지만 나는 아무 말도 하지 않고 화면에 집중했다.

그나마 다행인 건 눈에 보이는 상처는 없다는 거지만, 언제나 단정하게 빗고 다니시는 머리카락이 흐트러져 있다는 것. 옷의 이곳저곳이 찢어지고 더러워져 있다는 것을 볼 수 있었다.

[그런 멍청한 왕 오빠를 위해 다시 한번, 짜잔~!]

그런 와중에 렌즈 너머의 환경과 어울리지 않는 소녀의 밝고 활기차며 기분 나쁜 목소리가 들려왔다.

[왕 오빠의 엄마 목숨은 제 손안에 있다는 걸 알려 드립니다! 와아아! 깜짝 놀랐지? 그래서 지금 어떤 기분? 지금 어떤 기분이야? 꺄하하핫!]

……나는 고개를 들어 세희를 보았다.

세희는 평소와 그다지 다를 것 없는 표정으로 말했다.

"나래 님은 어찌 되셨습니까."

그제야 알았다.

세희가 전화를 걸어 공손한 어투로 주의를 줬던 상대가 어머니라는 사실을.

나래가 이 기회에 점수를 따겠다고 한 상대가 내가 아닌 어머니였다는 것과 함께.

그 사실을 깨닫는 동안에도 화면은 끔찍한 공간을 비추며 돌아간 뒤.

[응? 그 젖소 언니 말하는 거야? 젖소 언니는 말이야~]

차마 입에 담기 곤란한 무늬의 수영복 차림으로 밧줄에 묶인 채 도르래에 매달려 있는 나래의 모습을 보여 줬다.

평소라면 나래의 노출 높은 복장과 풍만한 가슴에 눈이 돌아가 잠시 헛소리를 할 법도 했지만, 지금의 나는 그럴 정신도 없었다.

[얏호! 어때? 잘 어울리지? 젖소는 젖소다워야 하는 거 아니겠어? 안 그래? 양심상 다 벗기지는 않았지만, 어때? 마음에 들어? 응?]

나래는 귀를 새빨갛게 물들인 채 화면 반대쪽을 향해 고개를 돌렸으니까.

그 모습이 소녀의 가학심을 자극한 것 같다.

찰싹! 찰싹!

[그런데 왜 이 젖소는 우유가 안 나오는 거야? 응? 대체 왜~! 크기만 하고 말이야! 꺄하하하! 왕 오빠처럼 쓸데없어!]

그래.

솔직히 말해서 내가 그동안 좀 미친 짓을 많이 하긴 했다. 감정이 앞서서 할 말, 못 할 말 가리지 않았고, 이성을 상실한 행동 같은 것도 많이 했었지. 지금도 가끔씩 밤에 이불을 걷어차고 벽에다 머리를 찧은 뒤 베개에 얼굴을 묻은 채 비명을 지르곤 한다.

다시는 그런 짓을 안 하리라! 이성적으로! 최소한의 선은 지키며 살리라!

그렇게 몇 번이나 다짐을 해 왔다.

그 덕분일까?

뇌수를 끓이는 분노에 이성이 증발될 것 같았지만, 오히려 내 사고 회로는 지극히 차가워졌다.

마치 얼음으로 만든 송곳처럼.

그래서.

"진정하세요, 성훈 씨. 이건…… 함정이에요."

소희의 차가운 목소리가 두 번째 가능성을 열었다 해도.

"서, 성훈아. 괜찮아. 응? 괜찮으니까. 나하고 검둥이가, 아니, 내가 아는 아이들 모두 불러서 구할 테니까, 응?"

랑이가 평소와 다른 말투로 나를 감싸 안아 주었다 해도.

"아빠, 심호흡! 일단 심호흡! 지금 숨 쉬는 거 잊었어! 빨리! 빨리 숨 쉬어!"

아야가 내 등을 어루만지며 어떻게든 나를 진정시키려 노력한다 해도.

"성훈."

성의 누나의 목소리가 내 안의 열기를 가라앉혔다 해도.

"흐, 흐윽, 으아아아앙~! 아빠, 아빠 무서워! 무서워어어어!"

성린이 자다 깨서 난생 처음으로 울음을 터트렸다 해도.

"……불쾌하구나."

냥이의 동감 어린 한마디에 나도 모르게 안심했다 해도.

나는 흔들리지 않는 결심을 마음에 품고서 말할 수 있었다.

"야."

에이라는 웃기지도 않는 이름을 가진 소녀가 화면을 돌려 자신이 최대한 예쁘게 나오는 각도로 촬영하며 말했다.

[왜, 왕 오빠? 이제 정신이 좀 들어? 응? 이제 좀 정신이 들어?]

안타깝게도 그 반대다.

"그래서 넌 뭘 하고 싶은 거냐? 나한테 바라는 게 있으니까 어머니와 나래를 인질로 삼은 거잖아."

[어?]

냉정을 유지하는 것처럼 **보이는** 내 질문에 에이는 깜짝 놀라 커진 두 눈을 깜빡거리더니.

[꺄하하하핫!]

갑자기 허리를 굽혀 소리 내며 웃은 뒤, 휴대폰 렌즈가 아닌 다른 곳을 바라보며 함박웃음을 지은 채 말했다.

[이야~! 여기서 역배가 터져요! 와, 진짜 상상도 못 했어! 왕 오빠가 무조건 화낸다에 거신 분들은 안됐다. 어떻게 해? 응? 도대체 얼마가 날아간 거야?]

……역배?

처음 들어보는 단어에 나는 눈만 움직여 세희를 보았다.

"역배당, 혹은 역배팅을 뜻하는 단어로, 도박이나 인터넷 방송에서 쓰이는 말입니다."

아, 그렇군.

그러니까 지금 대충 흘러가는 꼴을 보면, 이 상황을 내기거리로 삼으면서 방송을 하고 있었다는 거네.

흐음, 그렇구나.

나는 차분히 화면 속의 에이가 내가 아닌 누군가, 아마 인터넷 방송 시청자겠지. 그들에게 밝고 활기찬 목소리로 장난스럽게 말을 하는 것들을 차분히 듣고 한 귀로 흘렸다.

그저 난 차분히 관찰했다.

화면 너머라 정확하게 알 수는 없었지만, 소녀의 키는 랑이보다 조금 큰 정도였다. 두 눈은 피처럼 붉었고, 분홍색 리본으로 양 갈래로 묶은 짙은 금색 머리카락은 허리 아래까지 내려와 있다. 첫인상을 보자마자 느꼈던 건방짐은, 보는 사람에 따라 귀여움으로 다가갈 구석이 많다는 걸 깨달았다.

[에~ 하지만 내 잘못 아닌걸? 난 분명 왕 오빠가 화낼 것 같다고 말했지만, 정배에 걸라고는 안 했잖아? 응?]

그런 외모를 있는 힘껏 살려서 애교를 떠는 모습은 소녀가 사소한 잘못을 저질러도 귀여우니까 봐줘도 될 것 같다는 생각이 들게끔 만들 정도였다.

나 빼고.

그것보다 언제까지 혼자 떠들려는 거지?

슬슬 지루해지던 참에.

"서, 성훈아."

옆에서 안절부절못하던 랑이가 톡톡, 조심스럽게 내 손등

을 두드리며 말을 걸었다.

"응?"

살짝 고개를 갸웃하며 되물은 내 눈치를 본 랑이가 말했다.

"잠깐 괜찮겠느냐?"

뭐가? 그렇게 답하기도 전에 랑이가 조심스럽게 내 오른손을 잡아 폈다.

"어?"

내 손이 왜 이래?

나도 모르는 사이에 피범벅이 된 손바닥을 보고 살짝 당황하고 말았을 때, 랑이는 아무 말도 없이 상처를 상냥하게 혀로 핥아 주었다.

피가 멎고 새살이 돋는 느낌은 조금 간지럽고 축축했다.

고맙다는 뜻으로 머리라도 쓰다듬어 주고 싶었지만, 내 왼손엔 휴대폰이 들려 있는 상황. 그렇다고 오른손을 쓰자니 침이 잔뜩 묻어 있어서 그러기도 여의치 않다. 그런 내 마음을 알았는지 랑이는 그저 내 손등에 자신의 볼을 비볐다.

그리고.

[왕 오빠, 미안. 많이 기다렸지? 그래도 이해해 줄 거라 믿어~ 하긴, 안 기다리면 어쩔 거야? 안 그러면 네 엄마 돼지는데~ 꺄하하핫!]

"어, 그래. 당연히 기다려 줘야지."

나는 고개를 끄덕였고, 에이는 살짝 인상을 찌푸렸다.

[……아, 진짜 재미없네. 방송 텐션 어떻게 할 거야?]

그건 내가 알 바 아니라, 나는 그저 할 말만을 했다.

"그래서, 대답은?"

에이는 한층 더 인상을 쓰고서는 몸을 돌려 다른 곳을 보며 말했다.

[게스트 반응이 형편없으니까 대충 여기까지 하고 본론 들어갈게요. 아쉽지만 어쩔 수 없다는 거 아시죵? 불만이 있다면 모두 왕 오빠한테 해 주시면 감사하겠습니다! 그러려고 요괴의 왕이 된 거 아니겠냐고! 맞지? 내 말 맞지?]

에이는 그렇게 말하고서는 어머니의 휴대폰을 위로 던졌다. 하지만 요술이라도 썼는지, 휴대폰은 떨어지지 않고 에이의 어깨 위쪽에서 둥둥 떠서 촬영을 계속했다.

세희가 즐겨 하던 RPG 게임의 시점이 생각나네.

그런 가운데 에이는 과장되게 두 팔을 벌리고 **지금껏 아무런 말도, 어떠한 반응도 보이지 않은** 어머니와 나래를 배경으로 삼아 말했다.

[왕 오빠, 왕 오빠가 생각하는 것만큼 우리들은 바보가 아니야.]

이런 짓…… 을 벌이고 있는 이유를.

[아침에 있는 힘껏 잘난 척을 했지만, 꺄하핫. 완전 웃겨, 그거. 설마 모를 거라고 생각한 건 아니지? 응? 다 알아, 왕 바보 오빠. 그거 대놓고 함정 판 거잖아? 응? 그런데 누가 왕 오빠가 있는 데로 가? 무슨 무서~ 운 꼴을 당할지도 모르는데. 꺄~앗~! 잡아먹혀 버렷!]

두 팔로 몸을 감싸 안고 부르르 떨던 에이는 갑자기 손가락을 튕기고선 말했다.

[아! 그 할망구는 그럴 수도 있겠다! 다른 꿍꿍이가 있는 것 같았으니까.]

할망구…… 할망구라…….

혹시 알리사르라를 이야기하는 걸까?

[하지만 난 아니야.]

에이는 박쥐 영웅이 나오는 옛 명작 영화에서 나오는 악당처럼 공중에 떠 있던 휴대폰을 잡아 얼굴과 가까이 대고 화면을 흔들면서 말을 이었다.

[잘 들어, 왕 오빠. 나는 그런 바보 같은 짓에 어울려 줄 생각 따위 없어. 3일, 3일 뒤에 내가 있는 곳으로 혼자서 와. 거기서 내가 대신 요괴의 왕이 되어 줄 테니까. 내가 무슨 말을 하는지 알지? 응, 응. 알아야 할 거야. 안 그러면 내가 무슨 짓을 할지 모르거든~ 그래도 걱정 마. 싸울 때 치사한 수는 안 써 줄 테니까. 꺄하하핫~! 나 진짜 착한 거 아냐? 안 그래?]

그러거나 말거나 나는 멀미가 날 것 같아서 최대한 손을 뻗어 휴대폰을 멀리하고서 말했다.

"거절한다."

당황한 기색이 역력한 화면 속의 소녀에게.

"내일. 정확히 내일 낮 12시에 내가 직접 네가 있는 곳으로 가겠다. 그러니까 그때까지 두 사람에게 손끝 하나 대지 말고, 혼자서 기다리고 있어라.”

거기서 벌어질 일은 어머니와 나래에게 보여 줄 만한 게 아닐 테니까.

하지만 화면 너머의 소녀가 인상을 찌푸리고 고개를 꺾으며 말했다.

[우리 왕 오빠가 아직 상황 파악 못 하셨나 보네. 내가 지금 장난치는 것…….]

“내 말 들어.”

[히이익?!]

나는 소녀가 놀라든 말든 바로 전화를 끊었다.

끄지 않았으면 들킬 것 같았거든.

내가 지금 무의식적으로 언령을 썼고, 그 사실에 살짝 놀랐다는 걸.

……와, 이게 되네.

이게 언령이구나.

내가 잘못 생각했다고 볼 수 없는 게, 언령을 쓴 여파라고 할까? 마음속에 뭉텅이진 뭔가가 휙 빠져나가고, 그 자리를 세상 모든 걸 박살 내 버리고 싶어지는 충동이 차지하는 기분이 든다.

……언령이라는 건 몇 번이나 쓸 게 못 되는 것 같군.

그래도 나한테 **이런 쪽**이 잘 어울린다는 걸 알아낸 건 큰 성과인 것 같다.

"후우……."

그래서 나는 깊은 한숨을 내쉰 뒤.

"일단 자리에 다시 앉고."

내 주변에 옹기종기 모여 있다가 다시 자리로 돌아가 앉은 가족들에게 말했다.

"지금 상황에 대한 의견 있으신 분?"

첫 번째 이야기

처음으로 입을 연 건 자기 가슴에 얼굴을 묻은 채 훌쩍이고 있는 성린의 등을 쓰다듬어 주고 있던 성의 누나였다.

"성훈, 저는 성린을 달래고 올게요."

"응."

나는 솔직하게 내 감정을 드러내며 말했다.

"미안해, 성린아."

성린은 대답 대신 성의 누나의 가슴에 더 깊이 얼굴을 묻은 채 부들부들 떨었고, 어머니는 씁쓸하게 웃으며 딸을 대신해서 내게 말했다.

"성린은 아직 어리고, 이런 경우는 처음이니까요."

나는 고개를 끄덕였다.

나중에 시간 내서 열심히 사정을 설명하고, 미안하다고 사과하고, 이야기도 잘 들어 줘야겠다.

하지만 그런 생각도 한순간.

성의 누나가 방을 나가는 순간 들어온 차가운 겨울바람이 성린에 대한 일을 머릿속 깊은 곳으로 가라앉혔다.

"다음은?"

두 번째로 입을 연 건 소희였다.

"성훈 씨, 조금 전에는 상대가 듣고 있어서 함정이라고 말했지만, 이건 **어머님**의 계획일 가능성이 있어요."

나는 어떻게 대답하는 게 가장 좋을지 잠깐 고민을 한 뒤, 가볍게 고개를 갸웃거리며 말했다.

"계획? 이게? 넌 왜 그렇게 생각하는데?"

"……성훈 씨도 어느 정도 눈치는 채셨잖아요?"

"내가?"

퉁명스럽기까지 한 내 반응에 소희는 소매에서 꺼낸 부채를 펼쳐 입가를 가리고서 깊은 한숨을 내쉰 뒤.

탁.

영화 속의 귀족처럼 단번에 부채를 접고서는, 그 자세 그대로 어떠한 각오마저 엿보이는 눈동자로 나를 똑바로 보며 말했다.

"자꾸 모르시는 척하시면 저도 화낼 거예요."

소희가 입고 있는 드레스와 부채, 그리고 차가운 인상이 너무나 잘 어울렸기에 나는 살짝 웃으며 말했다.

"그래, 나도 사실 그렇게 생각해. 냉정하게 생각해 보면 지금 상황 자체가 너무 이상하니까."

소희가 고개를 끄덕였다.

"예, 이상하죠."

먼저 어머니.

"성훈 씨의 자서전에는 자세히 나오지 않지만, 어머님은 세계에서 제일가는 교섭가라고 적혀 있었죠."

어떤 조건, 어떤 상황 속에서도 목적을 이루고 무사히 돌아오는 세계 최고의 교섭가.

"그런 분이 인질로 잡힌 채 무력한 모습으로 성훈 씨에게 도움을 요청하고, 이 상황 자체를 방관했다는 건 말이 안 돼요."

한 가지 말이 되는 경우가 있지만.

"하지만 만약, 지금의 상황 자체가 어머님이 바라시는 것이라면 이야기는 달라져요."

어머니가 내게 도움을 요청하셨을 때, 나는 두 가지 가능성을 떠올릴 수 있었다.

어머니께서 진짜로 위험에 빠졌을지도 모른다.

아니면 이 상황 자체가 교섭 과정일지도 모른다.

그리고 소희는 내 두 번째 가설이 진실이라 생각하는 것 같다.

그렇다면 무엇을 위한 교섭이고, 무엇을 위한 계획일까?

나는 그 의문을 풀고 싶다는 생각이 잠깐 들었지만, 소희는 아닌 것 같다.

"그럴 가능성을 높여 주는 게 신내림을 받은 나래 님이에요."

두 번째 가설에 힘을 실어 주는 근거를 언급했으니까.

흠…… 그때는 다른 데 정신이 팔려서 눈치 못 챘지만, 확실히 나래가 상처 하나 없이 소녀요괴, 에이에게 잡혀 있던 것도 이상한 일이었구나.

나는 신내림이 나래에게 어떤 영향을 끼쳤는지는 잘 모른다.

그저 가슴이 커졌다는 것 정도밖에.

하지만 곰의 일족에게 가슴의 크기가 어떤 의미인지는 안다. 비록 나래에게 수장의 자리를 넘겨주던 상황 자체는 장난을 치는 것 같았지만, 정미 누나가 곰의 일족 누님들을 어떻게 생각하는지도 봤다. 곰의 일족이 하는 일 또한 알고 있다. 마지막으로 세희의 꼼꼼하고 사나운 성격도 질리도록 경험했다.

만약 나래에게 자격이 없었다면, 분명 수장이 된 이후로 몇 번이나 말이 나왔겠지.

즉, 나래는 내 앞에서 티는 내지 않았지만 이미 곰의 일족 수장다운 능력이 있다는 뜻이다.

지난 수천 년 동안 요괴들을 관리해 온 곰의 일족을 이끌 만한 능력이.

"그런데 요괴에게 상처 하나 없이 붙잡혔다는 건 말이 안 돼요. 어머님을 인질로 삼아 제압했을 거라 생각할 수도 있겠지만, 그렇다면 두 사람을 같은 장소에 억류하는 건 상대 입장에서 너무 위험한 일이죠."

거기다 만약 인질극을 벌였다면 나래에게 그런 옷을 입히지도, 그리 허술하게 묶어 두지도 않았을 거다.

아무리 방송의 재미를 위해서라도, 까딱하다가는 자기 목이 날아갈 테니까.

"즉, 오히려 나래 님이 상대를 속였다고 생각하는 게 이치에 맞아요. 둘 사이에 압도적인 차이가 있다고 생각하게 만들어서, 상대가 나래 님을 성훈 씨의 정신을 흔드는 데 이용하자고 생각할 정도로."

소희는 잠시 짧게 숨을 고른 뒤 말을 이었다.

"이상이 제가 어머님이 일을 꾸미고 계시며, 나래 님 또한 어머님의 부탁으로 치욕을 감내하고 계신 상황이라 생각하고 있는 이유에요."

"흠."

그렇다는 건…….

"그 여자애, 진짜 멍청한가 보네."

곰의 일족 수장인 나래가 무력하게 당했다면 일단 의심부터 해야 하지 않을까? 다른 꿍꿍이가 있는 게 아닐까~ 하고.

그런 내 타당한 의문에, 어째서인지 소희는 살짝 불쾌하다는 듯 눈썹을 떨고서는 말했다.

"**상대**의 지능이 수준 이하라는 건 성훈 씨도 알 수 있었잖아요?"

하긴 그래. 조금이라도 머리가 있으면 랑이의 연인이며 세희의 도움을 받고 있는 나를 이 정도로 열받게 만들지는 않았겠지. 내가 요괴의 왕이 아니게 되어도 랑이는 랑이고, 세희는 세희니까.

내가 고개를 끄덕이자 소희가 이어 말했다.

"그러니까 지금은 일단 화를 가라앉히세요, 성훈 씨. 두 분은 안전하시니까요."

그 말을 하고 싶어서 정말 멀리도 돌아왔구나, 소희야.

나는 피식 웃고는 긍정적인 대답을 간절히 기다리고 있는 소희에게 말했다.

"싫어."

소희가 입술을 벌리기 전에 나는 손을 펼쳐 보이고 말을 이었다.

"일단 오해하고 있는 게, 나는 어머니와 나래가 위험하다는, 아니, 위험할지도 모른다는 이유로 화가 난 게 아니야."

정확히 말하면 그런 이유로 화를 낼 시간도 없었다.

의자에 묶여 있는 어머니를 보자마자 뭔가 이상하다는 생각이 들었으니까.

즉.

"나는 그 녀석이……."

나는 입 밖으로 말을 내뱉으려다가, 이 말이 랑이에게 상처를 줄 수 있다는 사실을 깨닫고 단어를 살짝 바꿨다.

"도가 지나쳤다는 점에서 화가 난 거다."

아무리 그래도 정도라는 게 있다.

에이가 나래에게 한 짓은 그 선을 넘었고.

나는 에이가 그에 대한 대가를 치르도록 도와줄 생각이다.

살신성인(殺身成仁)의 정신으로.

"그러니까, 그 말은 못 들어준다."

나는 뭔가 할 말이 있어 보이는 소희에게서 눈을 떼고.

그제야 시야에 들어온 다른 가족들을 향해 말했다.

"다음은?"

이번에는 랑이가 번쩍 손을 들었다. 평소처럼 활발한 모습은 보이지 않았지만, 굳은 각오를 한 랑이 역시 사랑스럽기 그지없구나.

"성훈아."

"응."

그렇게 살짝 지금 상황과는 어울리지 않는 얼빠진 생각을 하고 있는 내게 랑이가 물었다.

"그 아해를 어찌할 것이느냐?"

이것 참 대답하기 곤란한 질문을……

우려와 걱정으로 가득 찬 호박색 눈동자를 보고 어떻게 거짓말을 할 수 있겠어? 그래서 난 머쓱하게 뒤통수를 긁으며 세희에게 배운 화술을 발휘했다.

"너는 내가 그 녀석을 어떻게 했으면 좋겠냐."

질문에 질문으로 답하는 방법은 세희의 주특기지.

랑이는 말 그대로 꼬리를 만 호랑이처럼 풀이 죽은 채 나의 눈치를 살피며 조심스레 말했다.

"나도…… 그 아해가 어머님과 나래에게 저지른 짓에 **정말 정말 많이 화가 나느니라.** 그래서 네 마음을 십분 이해할 수 있느니라."

그래도, 그래도.

그렇게 조심스레 말을 이은 랑이는 주먹을 꼬옥 쥐며 내게 호소했다.

"그 아해를 살려 주면 안 되겠느냐?"

"……응?"

상상도 하지 못한 말이 랑이의 입에서 나와서, 나는 순간 할 말을 잃었다.

아니, 지금 랑이가 뭐라고 한 거지?

"아니, 아니, 잠깐만."

나는 하도 어이가 없어서 랑이에게 내가 제대로 들은 게 맞는지 물어보았다.

"어, 그러니까, 랑이야. 지금 그 애를 죽이지 말았으면 좋겠다고 한 것 같은데, 내가 제대로 들은 거 맞아?"

랑이가 두 손을 가슴 앞에 꼬옥 쥐고서 고개를 끄덕였다. 그 말은, 다르게 말하면 랑이는 내가 그 녀석을 죽여 버릴 거라고 생각했다는 뜻인데…….

아니, 왜?!

"그야 조금 전의 주인님은 요괴 하나 토막 내지 않으면 성이 풀리지 않는 살인마의 눈이었으니까 말이죠."

그것참 설명 고맙다.

나는 머쓱해져서 볼을 긁으며 랑이 덕분에 다시 넓어진 시야로 주변을 둘러봤다.

아야는 풍성한 꼬리를 앞으로 돌려서 두 팔로 안은 채, 내 시선을 받자마자 불안한 눈빛을 보내며 고개를 끄덕였다.

그에 반해 소희는 내 시선에 고개를 저으며 말했다.

"세희 님도 과장이 심하시네요."

그렇지?

"조금 전의 성훈 씨는, 그저 오라버니께서 흉악무도한 범죄자의 사형을 집행하실 때의 모습과 비슷할 뿐이었는데 말이죠."

그래, 소희야. 나는 정말 3년 뒤의 네가 기대된다.

나는 마지막으로 냥이를 보려다가 관뒀다.

"왜, 소를 한칼에 잡아 육회를 떠서 소금 찍어 먹는 백정 같았다고 해 주랴?"

비웃는 기색이 역력한 목소리로 먼저 말해 줬으니까.

……곤란하네.

나는 일부러 깊은 한숨을 내쉬고서는 가족들을 한 명씩, 한 명씩 천천히 바라본 뒤 말했다.

"내가 다른 사람한테 이렇게 화가 난 건 처음……."

나는 말을 하다 말고 고개를 저었다.

아라의 일이 있었으니까.

"오랜만이라서 조금 표정 관리가 안 된 것 같은데, 그렇다고 그런 끔찍한 짓을 할 생각까지는 없어."

그런 짓을 해서는 안 된다는 걸 이미 지난여름에 배웠으니까.

아, 물론 살신성인의 정신으로 제대로 버릇을 고쳐 주겠다고 생각하긴 했지만! 살신성인의 살신(殺身)이 다른 사람을 뜻하는 건 아니라고!

그냥, 좀, 정말 하기는 싫지만.

옛날의 내가 배웠던 교훈을 그 자식한테 그대로 가르쳐 줄 생각 정도만 했을 뿐이다.

철저하게.

조금 다른 방식으로.

"……진짜이느냐?"

그런데 랑이는 아직도 살짝 불안한지 내 눈치를 살살 살피며 다시 한번 물어봤다.

요 녀석 봐라?

그러면 장난이라도 쳐서 랑이를 안심…….

"아, 지금 나한테 농담할 생각이로구나?"

이, 이 녀석 봐라?!

장난을 치려다 다른 누구도 아닌 랑이에게 들켰다는 사실에 깜짝 놀라고 있을 때, 옆에서 아야가 꼬리를 입가 앞에서 살랑살랑 흔들며 말했다.

"뭘 그렇게 놀라는데, 이 빤빤아? 그렇게 히죽히죽 웃는데 누가 몰라본다고?"

"……그랬냐?"

"응!"

"몰라서 물어?"

평소보다 표정 관리가 잘 안 됐나 보네.

그래도 랑이와 아야가 밝게 웃는 모습을 보니, 오히려 들켜서 다행이라는 생각이 들었다.

자, 그러면.

"뭐, 그건 그렇고."

나는 뒤로 고개를 돌려 지금껏 비교적 조용히 있던 세희에게 말했다.

"세희, 넌 왜 아무 말도 없어?"

문제는 세희에게 말을 걸자마자 랑이와 아야가 누가 먼저라고 할 것 없이 딱딱하게 굳어 버렸다는 거지.

……세희한테 따지려는 건 아니었는데 말이야. 나는 아이들을 위해 다급히 말을 이었다.

"아, 그냥 궁금해서 물어보는 거야. 나한테 할 말 없나 싶어서."

세희가 말했다.

"그건 제가 해야 할 말 같군요. 주인님께서는 제게 하고 싶은 말씀이 없으십니까?"

"당연히 있지."

난 언제나 너한테 물어보고 싶은 게 한가득이다.

"근데 대답은 해 줄 거냐?"

제대로 된 답을 못 들어서 문제지.

"그렇습니다."

세희가 너무나 흔쾌히 대답하자 나는 살짝 할 말을 잃고 말았다. 그런 나를 대신해서 세희가 말했다.

"뭘 그리 놀라십니까, 주인님. 지금 저희에게 주어진 시간이 그리 많지 않은 것은 주인님께서도 잘 아시지 않습니까?"

그렇긴 한데…….

"네가 언제 그런 거 신경 쓰면서 살았다고."

당장 내일 지구가 멸망한다고 해도 나를 손바닥 위에 올려 놓고 가지고 놀 녀석이 말이야.

그런 내 날카로운 추궁에 세희가 낮은 한숨을 쉬고는 어깨를 으쓱인 뒤 말했다.

"그렇다면 이런 이유는 어떻겠습니까? 제가 평소처럼 단서만 몇 개 던져 드리는 것으로 주인님의 정신적인 성장을 꾀한다 해도, 타인과의 대화를 즐기시는 것으로 모자라 어떻게든 자신의 존재감을 어필, 실례, 드러내고 싶어 하시는 소희 님이 때는 지금이다, 하고 제 의중을 파악하여 주인님께 말씀드릴 텐데, 거기에 무슨 의미가 있겠냐는 이유 말입니다."

야! 너, 소희에 대한 취급이 너무한 거 아니야?!

"······정답이에요, 세희 님."

세희의 독설에 소희도 살짝 화가 났는지 매서운 눈빛으로 내 뒤쪽을 바라보며 말했다.

"저는 이미 세희 님이 무슨 생각을 하고 계신지 파악했으니까요. 성훈 씨, 궁금하시면 제가 말씀드릴까요?"

내가 대답하기도 전에 세희가 끼어들었다.

"그렇습니까? 하지만 소희 님, 부디 이번에는 제 앞에서 같은 창피를 당하는 일이 없으시면 좋겠습니다."

내 방에서 있었던 일을 언급하자 살짝 볼이 붉어진 소희가 부채가 부러질 정도로 힘을 주며 말했다.

"저는 같은 실수를 두 번 할 정도로 어리석지 않아요!"

"한 번 일어난 일은 두 번 일어나는 법입니다."

"그럴지도 모르죠. 저는 아직 미숙하니까요. 하지만 그날이 오늘은 아니에요."

"그렇습니까? 하지만 안타깝군요. 소희 님께서 저를 대신해서 주인님께 말씀을 올리는 날도 오늘이 아니라는 점이 말이죠."

세희는 그렇게 딱 잘라 말하고는 한 발자국 앞으로 걸어 나와 내 옆에 서서는 말했다.

"주인님께서도 예상하셨겠지만, 세상에 모르는 것이 없는 데우스 엑스 마키나와 같은 존재인 저는 이런 일이 일어날 것 또한 알고 있었습니다."

상당히 재수 없게.

"그럼에도 제가 이번 일을 방관할 수밖에 없었던 것은 새언니의 부탁이 있었기 때문입니다. 사람 말을 안 듣는 것으로 치면 제가 모시고 있는 어떤 놈보다 더한 분이시라, 위험할지 모른다고 만류했음에도 소용이 없었으며, 그저 당신의 뜻을 방해하지 말라 하셨습니다. 그렇기에 저 또한 이번 일을 살짝 이용하기로 계획하면서도, 만약의 사태를 위해 나래 님을 새언니의 호위로 보냈습니다."

즉, 이 일은 계획의 일환이라는 게 확실하다는 거구나.

세희의 확언에 마음 깊숙이 안심하는 내가 있었다.

소희를 믿지 못하는 건 아니지만, 솔직히 조금은 불안했거든.

"……하지만 나래 님께서 그런 치욕까지 감내하셔야 할 정도로 그 계집년의 개념이 출타했을 거라고 생각 못 한 것은 제 실책이었습니다."

아니, 많이 불안하다.

옆에서 올려다보는 세희의 눈동자가 검은색으로 불타오르는 게 살짝 보였거든.

"……걔, 끝났네."

세희한테 몇 번 당해 본 적 있는 아야는 그렇게 말하며 두 손을 모았다. 그 녀석의 명복을 빌어 주는 걸까.

"그나마 다행이라면, 그러던 와중에 혹시나 하고 제가 기대했던 것은 이루었다는 점이겠군요."

"뭐였는데?"

"그걸 굳이 물을 필요가 있느냐?"

신기하게도 내 질문에 대답해 준 건 냥이였다.

"네놈은 스스로의 의지로 강력한 언령을 사용하여 그 계집년의 행동을 제한하였다. 저 속이 가스레인지에 눌어붙은 시커먼 찌꺼기 같은 녀석, 이 기회에 네놈이 분노를 연료 삼아 스스로를 불태우는 것을 노렸을 것이다."

……어, 그러고 보니까 그러네.

조금 전에는 화가 머리끝까지 치밀어 올라서 아무렇지 않게 넘겨 버렸지만, 개통술을 받고 나서 얼마 되지도 않았는데 언령을 제대로 쓸 수 있었다는 건 대단한 일이라고 생각한다.

아사달과 소희 같은 녀석들하고 비교하지 말고!

어쨌든, 그만큼 나한테는 그쪽 방향이 잘 맞는다는 거겠지.

내가 그렇게 생각하는 사이, 뭔가 불만이 있는 듯한 표정의 소희가 손을 들어 가족들의 주의를 끌고서 말했다.

"흑호 님…… 아, 실례했어요."

소희는 냥이에게 고개를 꾸벅 숙인 뒤 다시 말했다.

"냥이 님의 경고는 듣지 못하신 건가요, 성훈 씨?"

경고?

경고라고 할 만한 게…….

있었다.

분노를 연료 삼아 스스로를 불태운다는 말은, 어찌 보면 나에게 그런 짓은 하지 말라는 경고라고 보기 충분하니까.

나는 단순히 평소의 냥이구나~ 하고 넘어갔지만.

"……쯧."

냥이는 내 시선을 받고 기분 나쁘다는 듯 담뱃대를 입에 물고 뻐끔뻐끔 흰 연기를 내뿜었고, 그런 모습을 보며 소희는 부채로 입을 가리고 낮게 웃었다.

"저 역시 상냥하신 냥이 님과 같은 생각이에요. 언령은 마음의 힘을 기반으로 하고 있죠. 그렇기에 사용하는 데 얼마나 많은 주의를 기울여도 모자람이 없어요. 특히나 부정적인 감정을 불러일으켜 언령을 쓰는 것에 익숙해지면 성훈 씨의 성격 또한 그 영향을 받을 가능성이 커요."

나는 소희가 무슨 말을 하는지 이해했다.

근묵자흑은 나도 알고 있는 쉬운 사자성어니까.

……조금 다른 것 같지만, 지금은 그보다 더 중요한 게 있으니까 넘어가자.

속이 꼬이기로 두 번째라면 섭섭한 이 녀석이 왜 이런 일을 꾸민 건지 알고 싶으니까.

"넌 어떻게 생각하냐?"

그런 내 의문을 돌려서 물어보자 세희는 얼굴색 하나 변하지 않고 대답했다.

"걱정하실 것 없습니다, 소희 님. 주인님께서는 워낙 그 심성이 음흉하고 포악하며 간악하고 난폭한 동시에 악독하신 분이시며, **백신 또한 맞으실 테니** 머리로는 이해 못 한다 해도 몸이 알아서 반응할 겁니다."

아, 그래.

나는 그저 의자에 팔을 올리고 말을 아꼈다.

나를 위해서 한 일이라는데 뭐라 화를 내기도 힘들고, 그럴 필요도 없었으니까.

"무슨 말을 그리 하느냐, 세희야!"

맞지?

"성훈이가 화가 많이 나면 살짝 무서워지기는 해도, 그 성정은 누구보다 착한 사람이니라! 당장 성훈이한테 사과하거라!"

근데 왜 나는 랑이의 말이 '우리 성훈이가 사람은 착해요, 사람은.'이라고 말하는 것처럼 들리는 걸까.

왜긴 왜야. 이런 게 진짜 근묵자흑이니까 그렇지.

"제 농담이 지나친 점, 사과드립니다."

그런 생각을 하거나 말거나, 세희는 내게 허리를 깊이 숙였다.

세희의 등 뒤에서 그 모습을 지켜보며 크흥! 하고 콧김을 세게 내쉬는 랑이는 보지 못했겠지.

허리를 드는 세희의 입가에 옅은 미소가 걸려 있는 것을.

"뭐…… 괜찮아."

하지만 이런 거 가지고 한마디 하기에는 내가 그동안 당한 일들이 너무나 많다.

아직 궁금한 것들도 많고.

"그보다, 혹시 어머니가 무슨 생각으로 이런 일을 벌이셨는지는 알겠어?"

내 질문에 소희가 살짝 부채를 흔들어 내 시선을 끈 뒤 입을 열려 했지만.

"소희 님."

세희가 손을 들어 나와 소희의 사이를 막으며 말했다.

"살짝 조언을 드리자면, 이번 일은 어머님…… 실례, 새언니께서 계획하셨습니다. 그리고 아직 잘 모르시겠지만, 새언니께서는 소희 님이 당신의 계획을 주인님께 말씀드렸다는 것을 알게 되시면 그리 좋아하지 않으실 겁니다."

정답이다.

나래가 잠깐 집을 나갔을 때를 기억해 보면 알겠지만, 어머니는 내게 조금 엄한 면이 있으시니까 말이지.

정확히 말하면, 아무런 노력도 하지 않고 뭔가를 얻는 걸 싫어하신다고 해야 할까?

……내가 어머니의 계획을 소희에게 듣는다고 해서 뭔가를 얻을 거라 생각하진 않지만, 세상일이라는 게 모르는 법이라서 말이죠.

그게 꼭 물질적인 거라는 보장은 없잖아?

"세희 님의 충고, 감사히 받아들일게요."

소희도 세희의 조언을 받아들이기로 했는지, 고개를 끄덕이고서는 내게 말했다.

"죄송해요, 성훈 씨. 이 일은 세희 님의 말씀대로 성훈 씨가 직접 생각해 보시는 게 좋을 것 같네요."

"그래."

그러면 그건 시간 날 때 생각해 보기로 하고.

"그 방송을 본 요괴, 아니, 인간과 요괴들의 반응은?"

"요괴넷에서 송출된 방송이라 정보를 제한하고 있으니 인간들의 반응은 걱정하실 것 없습니다."

그건 다행이군. 아버지한테 바로 연락이 오면 뭐라고 해야 할지 깜깜했는데.

"요괴들의 경우 상황이 어떻게 진행되는지를 지켜보며 팝콘을 먹는 자들이 대다수이니, 주인님께서 신경 쓰실 필요는 없습니다."

나는 삐딱하게 세희를 올려다보며 말했다.

"거짓말 아니지?"

그렇게 말해 놓고 뒤통수치면 나, 화낸다?

내 시선을 받은 세희는 공손히 고개를 숙이며 말했다.

"현재로써는 그렇습니다."

다시 말하면, 내가 그 자식의 버릇을 고쳐 준 다음에는 뭔가 일이 또 생긴다는 거구나.

뭐, 내가 한번에 두 가지 일을 동시에 신경 쓸 정도로 머리가 좋은 것도 아니니까, 그때 일은 그때 생각하자.

"웃챠."

그렇게 결론지은 나는 의자에서 일어나 쭉 기지개를 켰다.

으~ 딱딱하고 차가운 의자에 오랫동안 앉아 있었더니 엉덩이도 아프고 등도 아픈 게 몸이 뻑적지근하다.

그나마 아까 언령을 썼던 후유증은 거의 다 사라진 것 같아서 다행이라고 할까?

"그럼 언령을 쓰는 법을 다시 연습해 보자."

그렇기에 나는 다시금 의욕을 불태우며 말했고.

"안 돼요."

소희는 찬물을 끼얹었다.

"……왜?"

"강한 힘을 가진 언령은 사람을 지치게 만드니까요."

마음속에서 무언가 빠져나가는 감각을 다시금 떠올린 나는 소희가 무슨 말을 하는 건지 이해할 수 있었다.

그래도 지금은 괜찮아졌는데?

"지금이야 괜찮다는 생각을 하실 수도 있겠지만 타인의 행동을 강제하는 언령으로 인한 피로는 그렇게 쉽게 사라지는 게 아니에요. 무리를 하셨다가는 기절할 수도 있어요. 무엇보다 성훈 씨는 오늘 막 개통술을 받았으니, 몸이 익숙해질 시간 또한 필요하다는 걸 잊지 마세요."

올해 가을, 요술의 후유증으로 3년 동안 누워 있을 뻔했던 나는 그저 고개를 끄덕일 수밖에 없었다.

"알았어."

이럴 때는 전문가 말을 들어야지.

"그러면 요괴를 상대로 싸우는 법을 배우는 건 괜찮지?"

당장 내일 정오에 그 녀석과 한바탕하러 가야 하니까. 그렇게 시간이 넉넉한 편도 아니고.

"크응?"

하지만 나를 뒤따라 일어난 아야는 조금 다르게 생각하는 것 같다.

"그래도 쉬는 게 어때, 이 걱정아? 오늘 너무 무리하고 있는 것 같은데, 잠깐 낮잠이라도 자."

어, 음⋯⋯.

차마 차를 타고 오가는 길에 꿀잠을 자서 아직 버틸 만하다는 말은 못 하겠습니다.

게다가 아무리 승차감 좋은 차에서 잠을 잤다고 해도 오랜 시간 이동한 피로가 사라진 건 아니니까.

그래도 할 때는 해야 한다.

"그렇느니라! 성훈아! 낮잠! 피곤을 푸는 데는 낮잠이 최고이니라!"

문제는 나만 그렇게 생각하고 있는 것 같다는 거지.

랑이는 아야의 의견에 반색하고서는 아야의 손을 강제로 잡고서는 '낮잠~ 낮잠~ 성훈이하고 낮잠~.' 하고 이상한 노래를 부르면서 춤을 추기 시작했다.

그래, 랑이도 많이 졸리겠지. 짧게나마 낮잠을 자긴 했지만 평소와 비교해 보면 너무나 짧은 시간이었으니까.

그래도…….

"예, 성훈 씨도 많이 피곤해 보이고, 잠깐 쉬는 것도 좋겠네요. 그동안 저는 세희 님께 이쪽 세계에 대해 물어볼 시간도 가지고요."

혼자서 세 명을 상대하는 건 무리였다.

아니, 세 명이 아니지.

세희와 냥이까지 조용히 있는 걸 보면 다섯 명이라 보는 게 맞겠지.

……지금 그럴 시간이 없다고 생각하는 건 나뿐인가.

"그렇습니다. 주인님."

알았다. 이 자식아.

"알았어. 한 시간, 딱 한 시간만 낮잠 자자."

그전에 정말 꼭 해야 할 일은 하고 나서.

두 번째 이야기

반드시 해야 할 일.

그것은 화장실을 들렀다가 깨끗이 손을 씻은 뒤!

아빠가 무섭다고 울면서 성의 누나의 품에 안겨서 자기 방으로 간 성린을 달래는 일이다.

"누나, 안에 있지?"

그래서 나는 성의 누나의 방 밖에서 말을 걸었다.

"들어와요, 성훈."

나는 감사히 성의 누나의 초대를 받아들였다.

성의 누나의 방은 가을 때나 지금이나 딱히 달라진 게 없었다.

다시 말하면, 춥다.

방바닥에서 올라오는 온기만은 따듯했지만, 창호지를 바른 문을 뚫고 들어오는 외풍은 어쩔 수 없었으니까.

그렇게 생각했을 때.

안방에서 나갔을 때와 마찬가지로 엄마 가슴에 얼굴을 문고 있던 성린이 고개를 살짝 들어 성의 누나를 보았다. 그 시선을 받은 누나는 살짝 고개를 끄덕인 뒤 말했다.

"그래요."

성린이 다시 누나의 가슴에 얼굴을 묻는 것과 동시에, 성의 누나는 장롱에서 이불 하나를 꺼내 와 몸에 두르고는 한쪽을 열고서 내게 말했다.

"성훈에게는 날이 추워요. 안으로 들어와요."

성린이 내 생각을 읽고 누나한테 전해 준 건 정말 고마운데…….

오늘 누나가 저를 죽이려고 작정을 했나 봅니다.

"히끅!"

그리고 성린이 딸꾹질을 했다.

아, 이런.

랑이한테 들은 말이 있어서 뭐라고 반응해야 할지도 모르겠네.

"괜찮아요, 성린."

그래도 성의 누나가 성린의 등을 부드럽게 쓸어 줘서 다행이다. 성린이 금방 진정했으니까.

그래서 나는 이상한 생각을 하지 않도록 조심하며 나를 위해 마련된 자리로 들어갔다.

그리고 적막.

나는 아이가 있는 가난한 신혼부부가 허름한 단칸방에서 서로의 온기를 나누는 것으로 겨울을 버티는 것 같은 기분이 들어 할 말이 없었고.

성의 누나는 나한테 들어오라고 먼저 말했으면서 귀까지 빨개져서는 이쪽을 못 보고 있으니 어쩔 수 없는 일이었다.

한 이불을 덮고, 아니, 정확히 말하면 덮은 게 아니지. 한 이불을 두르고 체온을 나누는 건 마루에서 있었던 일만큼이나 어색하고 부끄러우면서도 기분 좋은 일이었다.

나는 그 온기에 힘입어 손을 들어 성린의 머리를 쓰다듬었다.

아니, 쓰다듬으려 했다.

"아빠."

그 전에 성린이 고개를 돌려 나를 바라보며 말을 걸었으니까.

그나마 다행이라면, 그렇게 울었는데도 눈이 퉁퉁 부어 있지는 않았다는 거다.

그럼에도 안타까운 건, 그 퉁퉁한 볼에 눈물 자국이 남아 있다는 거고.

"응."

나는 성린의 머리를 쓰다듬으며 말을 기다렸다.

그렇게 잠시.

성린이 말했다.

"아빠가 그렇게 화내는 거 처음 봤어. 그런 게 사리라는 게 아닐까 싶을 정도로."

……사리가 아니라 살의겠지.

하지만 나는 생각만 하고 말로는 하지 않았다.

성린이 언제나 내 생각을 읽기도 했고.

그렇기에 나는 볼을 부풀리며 불만을 표시하는 귀여운 딸의 머리를 다시금 쓰다듬으며 말했다.

"그래."

다시 한번 말해 두지만, 살의는 아니었다. 그저, 평소에는 아이들 앞에서 그 정도로 화를 낼 일도 없고, 내지도 않으니까 살짝 오해를 산 것뿐.

"정말?"

나는 씁쓸하게 웃으며 진실을 전했다.

"그래, 내가 왜 거짓말을 하겠어?"

"……다행이다."

성린이 가슴에 손을 얹고 안도의 한숨을 내쉬었다. 그래, 다행이지. 오해가 풀렸으니까.

그렇게 이제 성린을 데리고 안방에 가서 낮잠을 자야겠다고 생각하고 있을 때.

성린이 내게 물었다.

"그런데 왜 화났어?"

응?

나는 고개를 갸우뚱거리며 성린에게 말했다.

"너는 화 안 났어?"

"왜?"

어째서 화를 내야 하는지 모르겠다는 성린의 순수한 태도에, 나는 깜빡 잊고 있었던 사실을 떠올릴 수 있었다.

그렇습니다. 성의 누나의 품에서 잠들어 있던 성린은 볼 수 없었습니다.

휴대폰 화면 속의 모습을.

"응, 못 봤어."

내 생각을 읽은 성린이 고개를 끄덕였다.

"하지만 꿈속에서 엄마랑 아빠랑 오빠랑 놀고 있었는데, 갑자기 끔찍한 악몽으로 변해서 깰 정도로 아빠한테서 느껴지는 감정이 너무너무 무서웠어."

"……그 정도였어?"

"응."

그때를 떠올리자 다시 무서워졌는지 성린은 다시 성의 누나를 꼭 끌어안고 부들부들 떨었다.

"엄마가 아빠 아프게 할 때도, 아빠 그런 식으로 화 안 냈어. 그런데 조금 전에는……."

성린은 말을 잇지 못하고 성의 누나의 품에 다시 얼굴을 묻었다.

하지만 성의 누나는 그 등을 쓰다듬어 주지 않았다. 그저 조금 전에 부끄러워하던 모습은 어디 갔는지 모를, 모성애 넘치는 미소를 지으며 나를 바라봤을 뿐.

그래서.

"웃챠."

"앗?"

나는 성린이 당황해서 성의 누나의 옷을 잡으려고 손을 뻗는 걸 보면서도, 반강제적으로 내게 데려와 옆으로 걸쳐 앉혔다. 성의 누나는 그저 흘러내린 이불 한쪽을 다시 내 어깨에 둘러 줬을 뿐.

그런 성의 누나의 품을, 성린은 고향을 그리워하는 실향민처럼 바라보며 말했다.

"······엄마 품이 더 좋은데."

"그러냐."

나도 그렇다.

"아니야, 아빠. 그럴 때는 엄마가 아니라 여보나 아내, 성린 엄마라고 하는 게 맞아."

"여보······."

내가 한 말 아니다.

성의 누나가 한 말이다.

덕분에 나와 성의 누나의 볼은 누가 먼저라고 할 것도 없이 빨개졌지만, 나는 있는 힘껏 정신을 차리며 성린에게 말했다.

"아직 누나하고 결혼 안 했으니까······ 가 아니라."

나도 모르게 성린의 오묘한 화법에 휘말려 넘어갈 뻔했다!

"그게 말이야. 아빠가 그렇게 화가 난 건 어쩔 수 없었던 일이야."

"왜?"

성린의 질문이 이렇게까지 기쁠 때가 또 있었던가!

나는 기쁜 마음으로 성린에게 대답해 주려다가.

"······평소에는? 싫었어?"

내 생각을 읽고서 살짝 삐친 듯 입술을 쭉 내민 성린의 질문에 바로 다른 대답을 꺼냈다.

"제대로 대답하지 못할까 봐 걱정됐다."

"왜 걱정해?"

"너한테 잘못된 걸 알려 주면 안 되잖아."

"아…… 응."

성린은 뭔가 하고 싶은 말이 있지만 말하고 싶지 않다는 듯 고개를 숙였다.

그렇게 생각하는 동시에 성린이 고개를 들어 평소보다 커진 눈으로 나를 올려다보며 말했다.

"어떻게 알았어?"

"그냥?"

왜, 그런 말도 있잖아. 부모님은 자식이 거짓말을 하는 게 빤히 보이는데도 넘어가 줄 때가 있다는 거.

"왜?"

"음~."

나는 고민해 보려다가, 생각 외로 그 답이 쉽게 나와서 기쁜 마음으로 성린에게 말해 줄 수 있었다.

"우리 성린이를 사랑하니까."

"……."

왜 거기서 고개를 숙이고 골똘히 생각하는 거니, 성린아.

"사랑……."

그리고 왜 누나가 부끄러워하는데요! 지금은 아가페 같은 사랑을 이야기한 거지, 누나와 제 사이에 있는 플라토닉 러브를 이야기한 게 아닙니다!

"플라스틱?"

"플라토닉."

나는 생각을 마친 성린의 오해를 정정해 줬다.

"플라스틱 아니야?"

왜 그렇게 생각하냐고 묻기도 전에 성린이 대답했다.

"아빠, 엄마 사이 딱딱해. 배운 거하고 달라."

쩌저적.

순식간에 정신적으로 엄청난 타격을 받은 나는 깜짝 놀라서 아무 말도 하지 못했다. 그건 같은 이불을 쓰고 있는 성의 누나도 마찬가지.

하지만 성린은 어느새 평소와 다르지 않은 목소리로 나와 성의 누나에게 말했다.

"아빠하고 엄마, 다시 만나고서 한 번도 성행위 안 했는걸. 젊을 때는, 서로 사랑하면 매일매일 성행위를 한다고 했어."

누구냐! 누가 성의 누나 방이 난방이 안 돼서 춥다고 했냐! 도대체 누구야!

"그러니까 플라스틱. 아빠 엄마 사이 딱딱해."

아니, 알고 있다. 알고는 있다. 성린이 저런 단어를 말하는 데 조금도 거리낌이 없는 아이라는 건. 처음 만났을 때도 지금 같은 일이 있었으니까! 하지만 그때는 성의 누나가! 이렇게 같은 이불을 두르고서! 손을 뻗기만 하면 닿는 위치에 있지는 않았다고요!

그렇게 내 머릿속에 온갖 잡생각이 휘몰아치고 있을 때.

"틀려요."

성의 누나가 평소와는 확연히 다른, 엄하고 엄한 목소리로 단호히 말했다.

"성훈과 저의 사랑은 흔한 견우들처럼 욕정만으로 이루어진 게 아니에요. 그러니 성린, 이번에는 당신이 틀렸어요. 성훈에게 사과하세요. 당장."

"하지만, 엄마."

"전 분명 사과하라고 말했어요."

견우들이 떠올랐기 때문일까. 성의 누나는 꽤나 엄하게 말했고, 성란은 풀이 죽어서 내게 고개를 숙였다.

"미안해, 아빠. 조금 신술 부렸어."

"……그럴 때는 심술이라고 하는 거야."

"……알아."

알면 제대로 말해 주렴.

"그런데 아빠."

"응?"

"그래서 왜 그렇게 화낸 거야?"

……그렇습니다.

성란과 대화를 하다 보니 내가 성의 누나의 방에 온 이유는 물론이고 안방에서 이부자리를 깔고서 내가 오기만을 기다리고 있는 랑이와 아야까지도 깜빡 잊고 말았다.

"그게 말이지."

더 늦어지면 곤란하기에 나는 허겁지겁 성린의 질문에 대답했다.

"나래 언니 있잖아."

"응."

"나래 언니가 지금 나쁜 사람한테 납치당했어."

……아니, 정확하게 말하면 나쁜 사람한테 나쁜 짓을 당했다고 해야겠지.

"그래서 나쁜 사람한테 진짜진짜 많이 화가 나서, 그 녀석의 버릇을 제대로 고쳐 주겠다는 생각에 감정이 격해진 거야. 그래도 내가 널 생각했으면 그러지 말았어야 했는데. 미안해, 성린아. 앞으로는 그러지 않을게."

인터넷에 흔히 올라오는 4과문이 아닌, 제대로 된 사과라고 생각했는데…….

성린의 반응이 예상과 달라 나는 깜짝 놀랐다.

"구하러 갈래."

직접 나래를 구하러 간다는 말을 한 것도 그렇지만.

"나래 언니, 착해. 엄마한테도 아빠한테도, 나한테도 잘해 줬어. 그러니까 나도 잘해 주고 싶어."

내게 몸을 맡기고 편안히 있던 성린이, 아주 잠깐이지만 마치 진심으로 화가 났을 때의 성의 누나로 보였으니까.

하지만 그건 정말 내가 잘못 봤나 생각이 들 정도로 짧은 시간이었고, 눈을 감았다 떴을 때 본 성린은 평소와 다를 게 없었다.

다만 누구하고도 쉽게 친해지는 평소 성린의 모습은 찾을 수 없었다.

"안 돼요, 성린. 그건 우리가 하면 안 되는 일이에요."

그것도 성의 누나가 말리기 전까지였지만.

성린은 자신의 마음을 몰라주는 엄마한테 보란 듯이 볼을 부풀리고서 말했다.

"그치만, 엄마."

성의 누나가 고개를 저으며 말했다.

"지금은 아빠를 믿어야 해요."

"왜?"

아니, 잠깐!

"거기서 왜가 왜 나와?!"

내가 그렇게 못 미덥나 싶은 생각에, 나도 모르게 큰 목소리를 내고 말았다.

"……성훈."

"……아빠."

사실 많이 컸습니다.

"미안."

모녀의 항의 어린 시선은 사과를 하지 않고 넘어가기에는 너무나 아팠습니다.

그래도 할 말은 해야겠지만!

"그래도 성의 누나 말이 맞아. 지금은 날 믿어 줘."

내가 그렇게 믿음이 안 가니, 성린아?! 이 아빠가 이래 봬도 할 때는 하는 사람이라고!

"……."

하지만 성린은 아무 말도 하지 않고 몸을 돌려 내 품에 얼굴을 묻었다. 나는 성린의 머리 장식이 흐트러지지 않게 조심히 끌어안아 주며 말했다.

"왜 그래, 성린아?"

그렇게 잠시 아무 말 없이 내 심장이 뛰는 소리를 듣던 성린은.

"아빠가 너무 약해서 걱정돼."

그렇게 말했다.

"아빠만큼은 아니지만 나래 언니도 약해. 냥이 언니도 겉으로는 안 그런 척하지만 허약하고, 치이 언니하고 페이 언니는 후 불면 날아갈 것 같아."

걔들은 아무리 세져도 새니까 날아가지 않을까?

성린이 마음속에 간직하고 있던 말을 하고 있는데도 얼빠진 내 머릿속에는 그런 생각이 순간적으로 스쳐 지나갔다.

"……."

동시에 성린은 조용히 입을 다문 채 성의 누나 품으로 돌아갔고, 누나는 다시 둥지로 돌아온 아기 새를 다정하게 쓰다듬어 주며 말했다.

"어쩔 수 없어요, 성린. 그런 게 성훈인걸요."

그런 자신을 바꾸고 싶은 나는 성린에게 솔직히 사과했다.

성린에게는 내가 자기 이야기에 집중하지 않고 딴생각을 하고 있다고 받아들일 수 있는 일이니까.

"······미안."

"됐어. 아빠 나빴어. 이제 아빠하곤 암말 안 해. 흥이야."

그래선 내가 엄청나게 많이 곤란해지기 때문에, 나는 성의 누나의 옆으로 조금 더 붙은 뒤 말했다.

"성린이가 무슨 걱정을 하는지 알아. 아빠가 하늘도 못 날고, 무거운 것도 못 들고, 추위도 잘 타고, 체력도 없고, 뭐만 하면 바로 지치고, 머리도 나쁘고, 성격도 나쁘고, 눈치도 없고, 산만하고······."

이상하다. 나 자신을 객관적으로 말하고 있을 뿐인데 왜 이렇게 마음이 아픈 걸까.

"그렇게까지는 생각 안 했어."

다행히 성린도 나와 같은 마음인가 보다. 그 사실이 기뻐서 나는 웃으며 말했다.

"그래, 다행이다."

아빠하고 말해 줘서 고맙고.

"······."

성린은 볼을 붉히며 다시 성의 누나의 품에 얼굴을 묻었지만, 고개만은 이쪽으로 살짝 돌려 나를 보고 있었다.

나는 그런 귀여운 우리 아이에게 내 생각을 말로 전했다.

"그래도 말이야."

내가 설마 이 말을 너한테 하게 될 거라고는 상상도 하지 못했지만.

"세희 언니가 말이지. 예전에 내게 가르쳐 줬어. 마음이 강한 사람이 진짜 강한 사람이라고."

나는 허리를 펴고 턱을 든 채 주먹 쥔 손으로 가슴을 가볍게 두드리며 보란 듯이 성린에게 말했다.

"그리고 나는 그 어떤 사람보다 엄마하고 성린이를 사랑하는 마음이 강해."

그런 나를 성린은 멍하니 올려다보았다.

왜일까. 지금의 성린을 보고 있자니 문득 성의 누나에게 내 마음을 고백했을 때의 일이 떠올랐다.

"성린이 걱정해 주는 건 정말 고맙지만, 괜찮아."

어느새 몸을 돌려 나를 바라보는 성린.

그리고 자애로운, 그러면서도 사랑이 가득한 시선으로 바라보는 **성의**.

나는 그 둘에게 올곧은 내 마음을 전했다.

"아빠는, 강하니까."

* * *

"너무 늦었느니라, 성훈아. 기다리다가 깜빡 졸아 버릴 뻔하지 않았느냐?"

하지만 아쉬움을 드러낸 랑이 앞에서는 약했다.

"미안."

안타깝게도 성의 누나와 성린은 안방에서 같이 낮잠 자는 건 괜찮다고 사양했다. 성린이 성의 누나한테 물어보고 싶은 게 많은 것 같은 눈치라, 나는 그 이야기를 듣는 순간 바로 안방으로 돌아왔고.

그런 나를 반겨 주는 건 암막 커튼을 쳐서 밤처럼 어두워진 방과 구석에서 수증기를 내뿜고 있는 가습기. 그리고 바닥에 일 열로 깔려 있는 이불 네 개와 그 위에 앉아서 고개를 꾸벅거리고 있던 랑이였다.

그래서 난 순순히 사과하고 슬금슬금 내 자리로 보이는 랑이의 옆에 꿀렁꿀렁 들어가려고 했는데.

덜컥.

"거기는 내 자리이니라."

부엌과 연결된 문을 열고 들어온, 얼굴에 물기가 남아 있는 파자마 차림의 냥이의 말에 그대로 멈춰 버리고 말았다.

"어, 그래?"

그보다 낮잠인데 파자마까지 입을 필요 있나?

참고로 지금 제가 입고 있는 옷을 말하면, 평범한 청바지에 티셔츠입니다.

뭐, 우리 집의 낮잠은 꽤 본격적인 것도 있지만…….

파자마 차림의 냥이라니. 평소의 드센 인상과 사람 비웃기 좋아하는 성격 때문에 깜빡할 때가 있는데, 이렇게 보니까 정말 랑이의 쌍둥이 언니 맞구나.

"썩 비키지 않고 무얼 하느냐."

그래서 잠시 정신이 팔린 사이, 어느새 앞에 다가온 냥이의 엄하고 짜증 섞인 목소리에 나는 퍼뜩 뒤로 물러나며 말했다.

"어, 그래."

그래서 랑이의 반대쪽으로 가려 했는데.

"키히힝~ 여긴 내가 찜했지롱~."

이미 거긴 아야가 엎드려 있었다.

……아니, 왜?

그렇게 생각하는 것과 동시에, 지금 주인 없는 이불이 아야 옆에만 있는 걸 보고 깨달았다.

이 녀석, 꾀를 냈구나.

그렇게 생각하며 한마디 하려고 했을 때.

아야가 어둠 속에서도 보일 정도로 볼을 붉히며 말했다.

"그, 그러니까 아빠는 아랫목에서 따듯하게 자면 돼."

……아야야, 미안하다!

아빠가 진짜진짜 미안해애애애!!

"고마워."

하지만 동시에 한 가지 걱정이 들었다.

오늘 보고 들은 게 있다 보니 말이지.

"고마운데, 그래도 냥이가……."

"멍청한 것."

그리고 냥이는 웃는 얼굴에 침 못 뱉는다는 속담을 옛 시대의 유물로 만드는 한편, 걱정해서 손해 봤다는 속담의 건재함을 내게 알렸다.

"흰둥이가 옆에 있는데 아랫목이 뭐가 필요하겠느냐."

그러게. 따듯하고 향기롭고 안기 편한 최고의 난로가 있는

데 아랫목은 필요 없지.

"그럼 됐고."

그래서 나는 뜨끈한 이불 속에 들어갔다.

내가 잠깐 성린에게 사과하러 갔을 때 미리 약속이라도 한 듯, 아이들은 아무 말도 없었고…….

나는 금방 잠에 들 수 있었다.

……그렇다고 푹 잠들 수 있었다는 건 아니고.

어렸을 때 이모네 집도 한옥이어서 알고 있었지만, **아랫목은 상상 이상으로 뜨겁다**. 괜히 우리 아버지 나이 때, 아랫목에 밥공기를 보관해서 저녁까지 따끈따끈한 밥을 먹을 수 있도록 한 게 아닐 정도로.

안방에서 자는 일이 없었고, 내 방은 아랫목이라고 할 만한 곳이 없어서 그 사실을 까먹고 있었던 나는!

잠든 지 30분 만에 땀투성이로 깨 버리고 말았다.

그리고 옆에서 아야가 이불을 걷어차고서는 옷을 거의 풀어헤치고서 땀이 송골송골 맺힌 채 잠들어 있는 것을 본 뒤.

나는 진리를 깨달을 수 있었다.

아, 이 자리 선정은 파워순이구나.

농담이지만.

우리 착하고 순진한 아이들이 그런 생각을 할 리가 없잖아요?

거기다 뭐라고 할까.

자다가 흘린 땀으로 티셔츠고 속옷이고 다 젖어서 찝찝하긴 한데, 정신은 상쾌하고 몸은 날아갈 듯이 가볍다.

설마, 우리 집 아랫목에 뭔가 신기한 효능이라도 있는 건 아니겠지? 워낙 말도 안 되는 일이 벌어지는 삶을 살고 있으니까 별의별 생각이 다 드네.

……헛소리는 그만하고 샤워나 하러 가자.

나는 아이들이 깨는 일이 없도록 조심스럽게 살금살금 움직인 뒤 조심스럽게 문을 열고 부엌으로 나갔다.

"뭘 그리 야밤에 부모님 몰래 성인용 게임을 하다가 화장실에 뒤처리를 하러 가는 청소년처럼 행동하십니까."

그리고 몸을 돌리자마자 나를 한심하게 쳐다보는 세희를 볼 수 있었다.

"……예를 들어도 꼭 그렇게 들어야겠냐."

"그럼 이보다 더 좋은 예시가 있다고 생각하십니까?"

나는 곰곰이 생각해 봤지만 답을 찾을 수 없었다.

"됐고, 넌 뭐 하냐?"

"보면 모르시겠습니까?"

그래서 나는 잘 보았다.

"모르겠는데."

저녁 준비를 하기에는 너무 이른 시간인 데다가, 세희는 아무것도 하지 않고 그냥 서 있었으니까.

거기다 이 녀석은 워낙 다재다능해서 지금처럼 서 있는 상태로도 전 세계 요괴들의 행적을 조사할 수 있어서, 도무지 뭘 하고 있는지 알 수가 없다.

그런 내게 세희가 고개를 절레절레 흔들고서 말했다.

"아궁이에 불을 때고 있지 않습니까."

"……"

몇 번이나 말한 것 같고, 다시 말할 필요도 없을 거라 생각하지만.

지금은 거의 우리 집이라고 생각하게 된 할아버지 댁은 한옥과 현대 가옥이 요술과 엮여 있는 이상한 집이다. 하지만 적어도 부엌은 현대식으로 되어 있다. 그런데 아궁이는 무슨 아궁이야?

그렇게 생각했을 때.

끼이익.

집 뒤편과 이어진 문이 열리고 세희를 본떠 만든 인형이 숯검정이 된 채, 끝이 검은 나무 막대를 들고서 부엌 안으로 들어왔다. 그러고선 나를 원망하는 눈으로 올려다보고는 씩씩대며 다시 문을 닫고 밖으로 나갔다.

"보셨습니까?"

"……내가 살다 살다 별의별 걸 다 본다."

한탄 섞인 말을 한 나는, 문득 생각난 걸 세희에게 물어보았다.

"야, 그러면 혹시 내가 지금 몸 상태가 좋은 게 네 인형 덕분이야?"

아무리 땀을 쫙 뺐다고 해도 이 정도로 몸이 개운할 리가 없으니까.

"제 덕분이라고 하시면 됩니다, 주인님. 살아 움직이는 것처럼 보이지만, 결국 제가 다루는 인형에 불과하니까 말이죠."

"그래, 네 덕분이다."

고맙다, 이 자식아.

도대체 무슨 원리와 구조인지는 모르겠지만.

"알려 드립니까?"

"아니, 됐어."

모르는 게 약이라는 말도 있잖아.

"그보다 소희는?"

분명 세희한테 이것저것 물어볼 거라 들었는데 어디 간 거지? 소희가 똑똑하고 똑 부러진 아이…… 아이라고 하면 화내겠지만, 어쨌든 야무진 녀석이라 내가 걱정할 만한 입장은 아니지만, 그래도 나 때문에 아는 사람 하나 없는 이쪽 세계에 온 녀석이라 신경을 안 쓸 수 없다.

그런 내게, 정작 다른 세계의 자신을 대하는 세희는 평온한 목소리로 대답했다.

"자고로 백문이 불여일견 아니겠습니까? 소희 님께서는 제가 말씀드린, 아아, 이것이 과학이라는 것이다. 상당히 편리하지, 에 깊은 관심을 가지시고는 현대의 발전된 문명을 직접 체험하러 가셨습니다."

언제 들어도 세희의 성대모사는 정말 끝내주네. 이제 와서든 생각이지만, 사실 이 녀석 성대모사가 아니라 성대요술을 쓰고 있는 거 아닐까?

"그건 평생을 갈고닦아 온 제 기교에 대한 모독입니다, 주인님."

"너야말로 남의 생각을 함부로 읽는 건 사생활 침해라고 생각하지 않냐?"

"있었는데, 없었습니다."

그래, 내 사생활은 태어났을 때부터 존재하지 않았다는 거지.

……깊게 생각하지 말자. 생각하면 지는 거다.

나는 애먼 곳으로 뻗어 나가려는 사고를 억지로 끊어 버리고서는 세희에게 말했다.

"그러면 난 좀 씻는다. 덕분에 몸은 좋아졌는데, 꽤 찝찝해서 말이야."

"부끄러워하실 필요 없습니다, 주인님. 저는 주인님께서 똥오줌을 못 가릴 때부터 지켜보았기에……."

"사람이 일부러 생각 안 하려는 걸 꼭 그 입에 담아야겠냐!"

얼굴에 피가 몰려서 소리치는 나를 보며, 세희는 속을 알 수 없는 미소를 지은 채 말했다.

"알았습니다, 주인님. 그러면 저는 지금부터 다시 불순분요(不純分妖)에 대한 감시에**만** 집중하겠습니다."

"……그래. 아주 고맙다. 눈물이 날 정도로 고마워."

"별말씀을."

나는 허리를 숙이며 답례하는 세희를 뒤로하고 욕실로 향했다.

중간에 거쳐 가는 탈의실에서 습관적으로 다른 사람 옷이 바구니에 없는 것을 확인한 후, 옷을 벗어 빨래 바구니 속에 집어넣은 뒤.

거울 앞을 지나가면서 예전과 비교해 보면 조금은 단단해진 내 몸을 슬쩍 보고…….

사실 자세도 좀 잡아 본 뒤 뿌듯한 기분을 느끼며 욕실 문을 열고 안으로 들어갔을 때.

"……누구시죠?"

……내 인생은 참으로 파란만장하다는 사실을 깨달았다.

"아, 미안. 안에 아무도 없는 줄 알고. 세희한테 목욕한다고 말했는데 아무 말도 안 해서 정말 몰랐어. 바구니에도 옷이 없었고. 아, 지금 핑계 댈 때가 아니지. 미안. 진짜 미안. 괜찮아. 수증기 때문에 아무것도 보지 못했으니까. 어, 진짜 아무것도 못 봤어. 그런데 젠장 문은 왜 안 열리는데! 야! 강세희! 문 안 열어? 문 열어! 야, 이 새꺄! 너 다 알면서 들여보낸 거지! 야! 문 안 열면 이번에는 그냥 안 넘어간다?! 너, 진짜 내가 랑이 이름 부르는 거 보고 싶냐아아아!!"

있는 힘껏 소리치고 협박까지 해 봤지만, 문은 덜컥덜컥 소리만 낼 뿐 열리지 않았다.

그러다 결국엔 빠직! 하고 문고리가 떨어져 나갔고, 나는 욕실 바닥에 엉덩이를 찧고 말았다.

하, 하하, 와하하핫! 저도 모르는 사이에 이렇게 힘이 세졌네요! 당신도 나래 님의 지옥 트레이닝을 함께하시면 문고리도 뽑아 버리는 괴력남이 될 수 있습니다!

물론 그런 이유가 아니겠지만! 이 자식은 상대를 가려서 장난을 쳐야지! 이게 도대체 무슨 짓이야!

젠장! 감시에만 집중한다고 했을 때 눈치를 챘어야 했는데! 이럴 줄 알았으면 수건! 수건이라도 두르고 들어올 걸 그랬어 어어어!

"너 진짜 나가면 나한테 죽을 줄 알아아아아아!"

아니, 지금 내가 나중 일을 생각할 때가 아니지!

"서, 성훈 씨?"

그런 내 등 뒤로 당황한 듯한 소희의 목소리가 들려왔다.

그렇지. 당황하지. 응, 지금 나보다 소희가 더 당혹스럽겠지. 사람 하나 살린다 치고 다른 세계로 넘어왔는데, 두 시간? 지금 두 시간도 안 됐지?

두 시간도 안 돼서, 도움을 요청한 놈이 자기가 씻고 있는 욕실에 알몸으로 들어오는 이 상황에 당황하지 않으면 그게 사람이냐?!

"전 괜찮으니까 일단 진정하세요."

사람이 아니었다!

그래, 세희든 소희든 같은 뿌리에서 났다고 해야 하나…… 아니, 같은 목? 속? 그런 걸 뭐라고 하더라?

그렇게 혼란에 빠져서 제대로 된 생각도 못 하고 있을 때.

"성훈 씨, 나체…… 실례했어요. 그러다가 감기라도 걸리시면 큰일이니까 일단 안으로 들어오시는 건 어떨까요?"

소희의 배려가 넘치는 제안에 눈물이 흐를 것 같았다. 그래, 소희는 소희다. 세희가 아니야. 저런 천사 같은 아이를 어떻게 세희와 같은 분류로 묶어서 생각할 수 있겠어?

나는 내 안에서 선을 딱 잘라 나누며 소희에게 말했다.

"따듯하니까 괜찮아."

내 말은 거짓말이 아니다.

비록 알몸인 상태로 있지만, 우리 집 욕실은 고양잇과인 랑이를 배려한 건지 찜질방처럼 뜨끈뜨끈하거든. 거기다 욕탕에서 올라오는 고마운, 너무나도 고마운 수증기도 한몫하고.

"아니요."

하지만 소희는 그렇게 말했다.

여전히 내 눈은 비루하고 볼품없는 내 몸뚱이만 보고 있지만, 목소리만 들어도 알 것 같았다. 지금 소희가 굉장히 진지한 표정을 짓고 있을 거라는 건.

"지금은 성훈 씨에게 그 어느 때보다 중요한 시기예요. 무엇보다 당장 내일 흉수(兇手)와 대적(對敵)해야 하는데, 혹시라도 모를 일은 피하는 게 맞아요."

정론이다.

정론이긴 한데…….

만약에 소희가 랑이 또래의 아이였다면, 조금 진지하게 고민한 다음에 어쩔 수 없이 따듯한 물속으로 들어갔을 거다.

아무리 바닥이 따듯하고 수증기가 가득 차 있다 해도 알몸으로 오래 있으면 몸이 식을 수밖에 없으니까요.

……그리고 더 버텨 봤자 세희가 문을 열어 줄지 불명이고, 아이들이 잠에 깨서 나를 찾기까지는 시간이 많이 남았으니까.

하지만!

나는 최대한 소희를 어린아이처럼 대하려고 했지만, 그것도 한계가 있다.

나와 두세 살 차이가 나는 매력 넘치는 여자아이.

그것이 지금의 소희니까.

물론, 지금까지 써 왔던 비장의 수도 있지만 그건 소희에게 못 할 짓 같고!

젠장! 지금은 그저 그 어떠한 유혹에도 끄떡없었던 내 강철 같은 자제력만을 믿어야 하는 건가?! 하지만 그러기에는 내 건강하면서도 이성과는 다르게 행동하는 신체 부위가 강철 같아질 것 같은데?!

"성훈 씨."

생각이 너무 길어졌기 때문일까.

첨벙, 하고 들려서는 안 되는 소리가 들렸다.

"저도 성훈 씨만큼 부끄러워요. 아무리 제가 사모하고 있는 분이라 한들, 이런 경험은 지금까지 단 한 번도 없었으니까요."

그리고 참방참방, 물을 가르며 걷는 소리까지 들려온다.

"하지만 그렇다 한들 우선순위를 착각할 정도는 아니죠. 성훈 씨가 들어오시지 않는다면 제가 나가겠어요."

"그, 그러지 마!"

넌 상황을 더 악화시킬 생각이냐?!

나는 소희의 목소리가 더 가까워지기 전에, 정확히 말하면 욕탕에서 나오는 소리가 들리기 전에 급히 말을 이었다.

"내가 들어갈 테니까 나오지 마. 절대로."

"……예."

나는 안도의 감정과 함께 무언가 아쉬워하는 기색이 담긴 소희의 대답에, 이 사태를 일으킨 범인을 원망하는 마음을 가슴 한곳에 가득 쌓아 놓은 뒤!

조심조심 엉거주춤하게 몸을 일으켰다.

그러면서도 최대한 소희가 있을 욕탕 쪽은 안 보려고 노력했지만, 사람의 호기심이라는 게 그렇게 쉽게 제어할 수 있는 게 아니네요.

나도 모르게 힐끔 소희가 있는 쪽을 보고 말았다.

소희는 말 그대로 홍당무가 된 채, 욕실에 어깨까지 몸을 담그고 있었다. 그렇다고 해서 붉게 달아오른 볼 덕분에 나이보다 몇 살은 더 어른스럽게 보이는 분위기와 물 위로 드러난 도드라진 쇄골까지 가려졌다는 뜻은 아니다.

그나마 다행인 건 욕탕의 물에 입욕제라도 뿌린 건지 살짝 뿌옇다는 것과 소희가 이쪽을 보고 있지 않다는 건데, 그것도 잠시.

소희 역시 호기심을 참지 못했다.

"……."

"……."

눈과 눈이 마주친 순간, 망했다는 걸 깨달았어.

소희는 지금 어떤 마음으로 있는 걸까.

"죄, 죄송해요!"

"미, 미안!"

그런 건 모르겠고, 소희는 재빨리 고개를 돌렸고!

나는 급히 좌식 세면 부스로 향했다.

……어쩔 수 없잖아! 안 씻고 들어갈 수는 없으니까! 이건 기본적인 목욕탕 매너라고!

그렇게 나는 지금 내가 피부가 익을 정도로 뜨거운 물을 틀었는지, 얼어 죽을 정도로 차가운 물을 틀었는지 모를 정신머리로 어떻게든 물을 끼얹고 비누 거품을 내서 몸을 박박 닦았다.

나 같이 멍청한 놈에게 바디 샴푸는 사치니까!

"그, 그러고 보니까 말이죠."

그런 내 등 뒤에서 살짝 떨리는 소희의 목소리가 들려왔다.

"역시 제가 있던 곳보다 여러모로 문명이 발전된 세계네요."

"아, 응, 그렇지? 아하하, 과학 문명 만세라니까!"

영혼 없이 과장된 대답을 아무렇게나 내뱉은 뒤, 나는 문득 위화감을 느꼈다. 하지만 이번에는 다행히 뒤를 돌아보지 않을 수 있었다.

"어? 혹시 알고 있었어?"

"예."

조금이나마 대화가 오고 갔기 때문일까. 기분이 진정되는 느낌이 들었다.

여전히 둘 다 알몸이지만!

어느새 가라앉은 수증기들 때문에 어깨를 드러내고 욕탕에 앉아 있는 소희의 모습이 거울에 얼핏 비춰 보였지만!

다시 머릿속이 복잡해지려는 나와 달리 소희는 어느새 냉정을 되찾은 듯한 목소리로 말했다.

"성훈 씨와 헤어진 뒤, 조금 찾아봤어요."

"뭘?"

"성훈 씨가 남긴 발자취를요."

왜일까요.

갑자기 등골이 오싹한 건.

설마 내가 뒤집어 쓴 게 찬물이었나?

"그러면서 알게 됐죠."

소희의 이야기는 생각보다 꽤나 길었다.

내가 그쪽 세계에 넘어가자마자 강도를 당한 옷가지들이 호사가들의 수집품으로 넘어간 것을 소희가 알게 되었을 때.

소희는 공권력, 다른 말로 하면 공감과 권력과 억지를 써서 되찾았다고 한다.

"깜짝 놀랐어요."

얼핏 보면 고급품처럼 보이나, 실상은 그렇지 않았으니까. 워낙 장인들이 한 땀 한 땀 정성껏 만든 옷들만 입어 온…….

아무래도 상관없는 이야기지만, 이때 내 안의 프롤레타리안 정신이 깨어날 뻔했다.

어쨌든.

인간의 왕이 되실 분으로서 귀하게 자라 오신 소희 님께서는! 내 옷에 사람이 만들었다면 남길 수밖에 없는 흔적 같은 것이 조금도 보이지 않는 것을 쉽게 알 수 있었다.

소희는 그때, 내 옷이 일정한 규격대로 만들어진 기성품이라는 것을 눈치챌 수 있었다고 한다.

"처음에는 요술이나 선술을 통해 만든 건 아닐까 싶었죠."

"그런데?"

"그런 제 생각을 듣고 흑호 님께서 말씀하셨어요."

흠, 흠.

소리 내어 목을 가다듬은 소희가 말했다.

"그 정도까지 가면 이미 기예의 수준이다, 이 머리만 좋은 멍청한 것아."

냥이의 목소리로.

"……성대모사 잘하네."

"여러모로 쓸데가 많으니까요."

왠지 모르게 옛날에 들어 본 것 같은 이유에 대꾸를 하려고 할 때.

"그…… 엣췪!"

입에서 갑자기 튀어나온 재채기에 대화가 끊기고 말았다. 소희의 이야기가 너무 흥미진진해서 몸을 씻는 것도 깜빡하고 있었네.

"성훈 씨."

내가 아무리 머리가 나쁘고 눈치도 없다지만 지금 소희가 무슨 말을 하고 싶은지 모를 정도는 아니다.

"아, 미안. 잠깐만."

나는 따뜻한 물로 거품을 씻어 내고 자리에서 일어나려다가 거울을 통해 내가 처한 현실을 깨닫고 다시 의자에 앉아서 말했다.

"……혹시나 해서 하는 말인데, 이쪽 보고 있으면 잠깐 고개 좀 돌려 줄래?"

"예, 예!"

뒤돌아 앉을 필요까지는 없는데 말이야.

그래도 혹시나 모를 상황을 막기 위해 나는 두 손을 가지런히 모아 앞을 가리는, 무슨 코미디 영화에서나 나올 법한 모습으로 엉거주춤 걸어서 욕탕 안으로 들어갔다.

으어어~ 나도 모르는 사이에 몸이 식긴 식었구나.

따듯한 욕탕에 들어오니 긴장과 함께 정신까지 풀어질 것만 같다.

하지만 상처 하나 없이 깨끗하고 매끈한, 그럼에도 나래 못지않게 근육이 붙어 있는 소희의 등을 보고서 마음을 다잡았다.

"이제 괜찮아."

나와 소희는 그제야 서로를 볼 수 있었다. 따듯한 물에 오랫동안 들어가 있어서인지, 아니면 다른 이유 탓인지 소희의 볼은 말 그대로 빨갛게 달아올라 있었다.

나라고 다를 게 없겠지만.

이렇게 아무 말 없이 옷 한 벌 안 걸치고 서로를 마주보고 있자니 부끄럽고 어색하다. 희뿌연 물 때문에 의미가 없다는 걸 알면서도 나도 모르게 시선이 아래로 내려가려는 걸 막는 것도 힘들고.

어쩔 수 없잖아! 나도 남잔데!

젠장!

어쩔 수 없군! 이 방법만은 안 쓰려고 했는데!

자고로 사람은 과거를 통해 배운다고 했다.

지금이야 랑이와 욕실에서도 아무렇지 않게 서로 장난을 치는 사이가 되었다고는 하나, 내가 처음부터 그랬던 건 아니다. 처음 랑이와 목욕했을 때는 정말 엄청나게 당황했지. 그런 내가 둘이서 하는 목욕에 익숙해질 수 있었던 건, 랑이를 귀여운 어린아이가 아닌 한 마리의 작은 동물! 그야말로 아기 호랑이라 생각하기로 마음먹었기 때문이다!

물론 소희는 사람이다. 게다가 나보다 조금 어릴 뿐이지, 충분히 매력적인 여성이고.

하지만! 다행히! 나에게는 소희 나이 또래의 사촌 동생들이 있다! 공룡 영화에서 단골로 나오는 랩터보다 흉폭하고 활기찬 사촌 동생들이!

도저히 여자아이로 볼 수 없는 그 괴물들이!

그러니 지금부터 나는 소희를……!

"그러고 보니까, 성훈 씨."

짐짓 아무렇지 않게 말하는 소희 덕분에 생각이 끊어졌다. 나는 최대한 눈이 마주치는 걸 피하기 위해 먼 곳을 바라보며 말했다.

"어, 어? 왜?"

"제가 누구죠?"

이런 상황과는 어울리지 않는 철학적인 질문…….

아니, 고대 그리스의 목욕탕에서는 철학적인 대화를 나눴다는 이야기를 들은 적도 있으니까, 그렇지도 않은가?

하지만 적어도 지금 나와 소희가 처한 상황과는 어울리지 않다는 건 맞겠지.

"괜찮으시다면 대답해 주시겠어요?"

소희의 채근에 나는 별생각 없이 대답했다.

"소희지. 본명은 아세희고."

"예."

살짝 고개를 끄덕인 소희가 수수한 팔찌를 찬 손을 들어 자신을 가리키며 말을 이었다.

"성훈 씨의 앞에 있는 건 아사달 오라버니의 동생, 가희의 친구, 그리고 성훈 씨를 사모하고 있는, 그래서 성훈 씨에게 **여자**로 보이고 싶은 소희예요."

하지만 그 목소리에 담긴 힘은 가벼운 몸짓과 달리 무겁기 그지없었다.

"그런 제가 성훈 씨에게 드리고 싶은 부탁이 있어요. 말씀드려도 될까요?"

그래서 나는 고개를 끄덕일 수밖에 없었다.

세희는 감사의 인사를 표한 뒤, 말을 이었다.

"부디 이 장소뿐이라 한들, 저를 소희가 아닌 다른 사람으로 여기시는 일만은 하지 말아 주세요. 그건 저를 너무 비참

하게 만드니까요."

순간 할 말을 잃었다.

얼마나 당황했는지 나도 모르게 얼빠진 질문을 해 버릴 정도로.

"……혹시 생각을 읽는 요술 같은 거 썼어?"

가볍게 머리를 저은 소희가 말했다.

"아니요. 사람의 생각을 읽는 요술은 지금의 제겐 너무 어려운걸요."

"그러면 어떻게?"

"자서전을 통해 알게 됐어요. 성훈 씨가 지금 같은 상황에 처하면, 높은 확률로 다른 분들을 자신의 가치관에 기반해 생각했을 때, 그 상황 자체에 문제가 없는 대상으로 치환해서 현실을 받아들이신다는 걸요."

나는 그저 아무 말도 하지 못하고 좋은 향기가 나는 욕탕 물로 세수를 했다.

"……제가 너무 건방진 소리를 했나요?"

그런 내 행동을 다른 의미로 받아들였는지, 소희는 조금 자신감 없는 목소리로 말했다.

나는 손으로 얼굴에 남아 있는 물기를 닦아 내고서, 아래로 내려온 머리카락도 뒤로 넘기려다가 그건 너무 자신감 넘치는 행동인 것 같아서 관두고, 소희를 똑바로 보며 말했다.

"아니, 그런 게 아니야. 그냥 좀 놀라서 그랬다."

세희야 뭐, 그래, 인정할 수밖에 없지. 내가 태어났을 때부터 지금까지 내 모든 걸 봐 온 녀석이고 생각을 읽는 요술도 쓰던 녀석이니까.

내가 무슨 생각을 하는지는 쉽게 알 수 있었을 거다.

하지만 실제로 알고 지낸 지는 얼마 되지 않은 소희가, 나를 완벽하게 파악했다는 사실에는 깜짝 놀랄 수밖에 없었다.

이런 게 천재구나.

"그, 그렇게 대단한 건 아니에요."

"아니, 대단한 거 맞는데."

"절 부끄럽게 만들지 말아 주세요. 정말 아니니까요."

하지만 내 시선을 그대로 받은 소희는 한층 더 얼굴을 붉게 물들이고서는 고개를 저었다.

"그저 세희 님이 주신 자서전에, 성훈 씨가 어떤 상황에서 어떻게 생각하고, 행동하셨는지에 대해 자세히 적혀 있어서 가능한 잔재주였어요."

그 자식은 도대체 무슨 책을 쓴 거냐.

"……그랬어?"

"예."

시간만 나면 그 대하소설처럼 길어진 책을 정독하기로 결심한, 하지만 분명 지금까지처럼 귀찮아서 안 읽을 게 뻔한 내게 소희가 말했다.

"그래서 몇 번이나 다시 읽고 말았죠."

……나는 소희가 내 생각을 예상한 것보다, 그 많은 책들을 몇 번이나 다시 읽었다는 게 더 대단해 보이는데. 덕분에 눈

만 깜빡이며 보고 있자니, 소희는 살며시 내 시선을 피하며 말했다.

"아, 아직 외우지는 못했지만요."

야! 그런 거로 부끄러워하지 마!

책 한번 읽는 데 두세 시간은 걸리는 내가 뭐가 되냐!

"그건 그렇고."

그렇기에 나는 일부러 욕탕의 턱에 등을 기대고 천장에 맺힌 물방울을 바라보며 입을 열었다.

"미안해. 기분 나빴지?"

소희가 몰랐다면 상관없지만, 지금은 사과하는 게 맞다. 돌려서 말했지만, 결국 내가 하려 했던 건 소희를 피가 섞인 동생 취급하려 든 거니까. 소희의 마음을 알면서도 말이야.

당연히 소희 입장에선 화가 날 법한 일인데, 지금처럼 조심스럽게 말을 해 준 게 고마울 정도다.

"아, 아, 아니에요!"

그런데 소희의 반응이 조금 격렬했다.

어느 정도로 격렬했냐면, 지금 우리가 어떤 상황에 처했는지 까먹고 내가 있는 쪽으로 다가올 정도로!

아, 안 돼! 움직이면 안 된다고! 그랬다가는 희뿌연 물로 가려져 있던 곳이 보인, 아니, 보일 것 같다고!

"저는 그저 슬퍼서, 성훈 씨가 저를 그렇게 생각할지도 모른다는 사실에 마음이 아파서 드린 부탁이었을 뿐이에요!"

하지만 소희의 머릿속에는 그저 내게 오해받을지 모른다는 사실로 가득 찬 것 같다.

그래서 나는 손으로 눈을 가리고서 소희에게 외쳤다.

"아, 알았어! 그러니까, 응? 다시 돌아가 제대로 **앉아!** 보여! 아니, 진짜 보인다는 건 아니고! 보일 것 같으니까!"

내가 필사적으로 외친 후.

"……아."

드디어 자신의 상황을 깨달은 소희는, 풍덩! 내가 있는 곳까지 물결칠 정도로 급히 물에 몸을 담갔다.

눈은 가렸지만 귀는 열려 있기에, 소희가 물을 가르며 움직이는 소리가 그치자 나는 조심스럽게 손을 내렸고.

얼굴이 새빨개진 소희와 바로 눈이 마주쳤다.

"……보셨나요?"

"아니."

"……정말이죠?"

"그래."

"……실망하셨나요?"

"뭘 실망해?"

"……아무것도 아니에요."

그 말을 끝으로 소희는 뭔가 스스로 납득했는지 더 이상 물어보는 것을 그만두었다.

그보다 아무렇지 않게 유도 심문하지 마라, 이 자식아.

그렇게 생각하고 있는 내게, 중얼거리는 소희의 작은 목소리가 들려왔다.

"하지만 노력해도 안 되는걸요……."

나는 모른다, 몰라. 지금 소희가 무슨 이야기를 하는지 나는 아무것도 모른다. 소희는 둘째치고 세희에게 살해당하지 않기 위해서라도 나는 아무것도 몰라야 한다.

그러니 더 이상 생각하지도 말자.

지금 중요한 건, 조금 전의 일 때문에 둘 다 입을 꾹 닫아서 어색한 분위기만 감돌고 있다는 거니까.

왜 그런 거 있잖아. 알고 지낸 지 얼마 안 된 친구 사이에서 둘 다 뭐라도 말을 꺼내야 할 것 같은데, 할 말이 나오지 않는 상황 말이야.

이럴 때는 머릿속에 별의별 생각이 들기 마련이고, 거기에는 소희도 결국 세희와 다를 것 없으니까 신체…….

아니, 아무것도 아니다.

나는 살아남기 위해 필사적으로 잔머리를 굴렸고!

퐁~!

천장에 맺힌 물방울이 욕탕에 떨어지는 소리와 함께 입을 열었다.

"아까 하다가 만 이야기 말인데, 요술로 옷을 만들었을 리가 없다는 냥이, 아니, 그쪽 세계의 흑호가 한 말을 듣고 어떻게 생각했어?"

이 화제가 어색한 분위기를 풀기 좋다고 생각한 건 나뿐만이 아닌지, 소희도 한 치의 망설임 없이 내 질문에 답했다.

"그, 그러니까……."

조금 당황했는지 살짝 말을 더듬긴 했지만.

"저는 성훈 씨의 세계가 장인이 열과 성을 들여 만들어야 나올 수 있는 고품질의 옷을, 말 그대로 찍어 낼 수 있는 수준으로 연금술…… 이쪽 세계에서는 과학이라고 하죠? 과학이 발전했다는 걸 알 수 있었죠."

그 사실을 깨달았을 때.

소희의 사고가 폭발하듯 확장하며 수많은 가능성을 점쳤다고 한다.

그중에서 내가 이해할 수 있었던 건 '대량 생산을 통해 잉여 생산물이 생겨났다면, 그로 인해 부의 축적이 가능해졌을 것이고, 이는 사회 구조를 변화시켰을 것이다.' 정도밖에 없었다. 나머지는 너무 어려웠으니까요!

하지만, 한 가지.

"그래서 휴대폰을 보고도 놀라지 않았던 거야?"

소희가 내가 살던 세계에 대한 청사진을 거의 완벽하게 그려 냈다는 것만은 알 수 있었다.

"아니요."

……아닌가 봅니다.

살짝 당황한 나를 보며 소희는 장난꾸러기 같은 미소를 지었다.

"그때의 상황 때문에 티를 내지 않으려 해서 그렇지, 속으로는 많이 놀랐어요. 성훈 씨의 자서전을 통해 휴대폰이 무엇인지는 배웠지만, 실제로 눈앞에서 보는 건 처음이니까요. 기회가 생긴다면 한번 분해해서 어떤 구조인지 연구해 보고 싶어요."

눈이 반짝반짝 빛나고 있는 소희는, 뭐라고 할까.

저번 여름에 파르페를 먹었을 때의 랑이와 호기심에 가득 차서 내게 이것저것 물어보던 성의 누나를 떠올리게 만들었다.

나중에 세희에게 오래된 휴대폰 하나 달라고 해야겠네.

"아."

그런데 소희는 잠깐 다른 생각을 하느라 입을 다물고 있던 나를 보고 다른 생각을 한 것 같다.

"죄송해요, 성훈 씨. 저한테 궁금한 게 많으셨을 텐데, 지금까지 신경을 못 써 드렸네요."

"아니야, 괜찮아. 그럴 만한 시간이 없었잖아?"

그렇다고 이런 자리를 강제로 마련해 준 세희에게 고맙다는 건 아니다.

절대로!

"궁금한 게 있으시다면 주저 말고 물어봐 주세요."

"그래?"

세희가 언제 문을 열어 줄지 모르고, 이왕 쉬기로 했으니 나는 내 방에서는 물어보지 못했던 것들을 소희에게 말했다.

"아사달하고 가희는 잘 지내고 있지?"

"예."

소희가 미소를 지으며 말했다.

"가희는 오라버니를 닮은 잘생긴 아들까지 낳았는걸요."

"뭐?!"

그와 달리 나는 깜짝 놀라 정신을 차릴 수 없었다.

아니, 잠깐, 그래, 내가 잘못 들은 거일 수도 있어. 내가 알던 아사달은 그런 파렴치한 로리콘이 아니었으니까.

제대로 확인해 보자.

"어, 그러니까 아사달하고 가희가 결혼을 했다는 이야기지?"

"예."

"아기도 낳았고?"

"예."

"이름은 뭐야?"

"아루다예요."

루다, 예쁜 이름이네.

"지금 몇 살이야?"

"이제 막 200일 됐어요."

"가희는?"

"14살이에요."

……아사달, 그 **새끼**, 그렇게 안 봤는데 말이야.

소희 말만 들으면 가희가 성인식을 치른 다음에 얼마 안 가서 결혼을 하고 임신까지 시켰다는 거잖아?

만약 내가 저쪽 세계에 갈 일이 생긴다면 일단 그 잘생긴 얼굴…… 은 안 되겠고. 배에다 주먹 한 대 날려 줘야겠다고 생각하고 있을 때.

"후훗."

소희가 낮게 웃었다.

아니, 잠깐, 야! 지금 웃어도 되는 거냐? 엄청 심각한 이야기 아니야? 나는 자세히 모르지만, 임신이 가능한 나이와 임신하기 좋은 나이가 다르다는 건 안다고! 그래서 꼬마 신랑은 있어도 꼬마 신부가 없는 거 아니냐?!

왜 그렇게 잘 아는지는 묻지 말고!

어쨌든 괜찮은 거냐? 정말 괜찮은 거야? 아무리 가희가 아사달을 좋아한다고 해도, 그래도 괜찮은 걸까? 난 아무래도 아닌 것 같은데!

나는 그런 생각을 최대한 온화하게 바꿔서 소희에게 말했다.

"왜? 둘이 결혼하면서 뭔가 재밌는 일이라도 있었어?"

이것이 저의 전력입니다.

"예, 정말 재미있는 일이 있었죠."

소희가 말했다.

"성인식을 치른 그날, 가희가 오라버니를 덮쳤으니까요."

……이상하다. 조금 전부터 뭔가 제 상식과는 다른 이야기가 귀를 통해 뇌에 전달되고 있는 것 같은데.

"어, 가희가? 아사달을?"

"예, 오라버니를요."

잠깐, 이상한데?

"……뭐?"

조금 냉정을 찾은 지금 생각해 보면.

아사달과 가희가 결혼하고 아이까지 가졌다는 것 자체가 확실히 이상한 일이었다.

우선 내가 아는 아사달은 가희를 귀여운 동생으로만 보고 있었다. 거기다 아사달은 가희가 무슨 유혹을 하든, 그렇게 단기간에 넘어갈 성격은 아니었지. 나처럼 갑자기 새로운 세계에 눈을 뜬 게 아니라면.

그러면 가희가 말 그대로 아사달을 물리적으로 덮치는 방법밖에 없었을 텐데……

그 녀석, 싸움 엄청 잘하잖아.

아무리 생각해 봐도 답이 안 나오기에 나는 소희에게 물어봤다.

"아니, 어떻게?"

그런 내 의문에 답하기 직전.

나는 소희의 표정에서 세희를 볼 수 있었다.

"그전에 말씀드려야 할 게 있어요."

나는 아사달과 가희 사이에 있었던 일이 궁금했지만 묵묵히 고개를 끄덕였고, 소희는 입을 열었다.

"그날 이후, 오라버니께 있었던 일을 알게 된 가희는 많이 달라졌어요. 초인으로만 보였던 오라버니가 언제든지 죽을 수 있는 연약한 인간이라는 사실을 체감하게 됐으니까요."

……아사달은 마을 바깥으로 나가 요괴를 토벌하는 경우도 많은 제사장이니까.

그렇다고 그 슈퍼 초인을 연약한 인간이라고 하는 건 좀 아닌 것 같지만, 나는 입 다물고 소희의 이야기를 들었다.

"오라버니께서는 그날 이후 더욱 더 과감해진 가희의 애정 표현에 곤란해하시면서도 **시간이 흐르면** 예전처럼 귀여운 수준으로 돌아갈 거라 생각하셨죠."

아사달은 그 판단이 잘못되었다는 것을 자신의 침대 위에서 깨달았다고 한다.

"그날은, 저와 가희의 성인식 날이었어요. 기쁨을 감추지 못했던 오라버니께서는 평소에는 하지 않으실 실수를 하셨죠."

그것은 성인식에서 제사장으로서 축하 연설을 마친 후, 소희가 건네준 약을 탄 물을 마셨던⋯⋯.

"아니, 실수가 아니잖아! 그게 어떻게 실수야!"

범죄지!

거기다 너도 한몫한 거냐! 무섭구만!

하지만 공범자, 아니, 소희는 딱 잘라 말했다.

"아니요, 그건 실수가 맞아요."

하늘에 우러러 한 점 부끄러움이 없다는 표정으로.

"가희는 기회만 있으면 오라버니께 말하곤 했으니까요. 어른이 되는 날, 오빠의 동정은 내가 가져간다고."

"아니, 그렇다고 해서 아사달이 너를 의심⋯⋯."

"물론 저도 오라버니께 계속해서 주의를 드렸어요. 저는 물심양면, 아, 죄송해요. 기희를 열심히 도와줄 거라고요. 그런 저를 보며 오라버니께서는 성훈 씨가 보고 싶다며 쓸쓸하게 웃으시곤 했죠."

왜일까.

천장이 막혀 있고 창문조차 없는데, 나는 푸른 하늘에 흐릿하게 떠오른 아사달의 환영이 보였다. 그 입가에 무언가 체념한 미소를 지으며 귀여운 갓난아기를 안고 이쪽으로 오라고 손짓하고 있는 모습이.

"무엇보다 그 누구보다도 영민하신 오라버니께서, 아무리 저희가 무사히 자라 어른이 되었다는 기쁨에 취하셨다 한들 **평소와 달리** 정화 요술을 걸지 않고 제가 준비한 물을 드셨다는 건 말이 안 돼요. 분명, 가희의 진실된 사랑에 굳게 닫혀 있던 마음의 문이 열리고 만 거겠죠."

"그, 그래."

그렇게까지 말하면 내가 할 수 있는 거라고는 갑자기 유부남이 되어 버린 아사달이 부디 행복하기를 바랄 수밖에 없지.

"그거 아세요, 성훈 씨? 저는 말이죠. 루다를 품에 안고 행복하게 웃는 가희가 얼마나 부러웠는지 몰라요."

그리고 빨리 이 화제에서 벗어나야 한다!

내게 은근한 눈빛을 주는 소희에게서 벗어나야 해!

"……저, 성훈 씨의 방에서 드렸던 이야기, 그리고 제 마음에는 조금의 거짓도 없어요."

오늘이 있기에 내일이 있는 것인데, 나는 어찌하여 내일 일을 걱정해 오늘을 포기했던 것일까.

그냥 굼벵이처럼 몸을 둥글게 말고 바닥에 뒹굴고 있어야 하지 않았을까.

"고마워."

아니, 지금은 자신의 선택을 후회하고 있을 때가 아니다.

"그, 그건 그렇고."

나는 활짝 핀 꽃에 먹구름이 끼는 것을 보면서도 말을 이었다. 소희에게 반드시 물어봐야 할 이야기가 있으니까.

"이쪽 세계의 가희에 대해서는 어떻게 생각해?"

소희는 살짝 입을 열었다가 고개를 절레절레 흔들고서는 내게 말했다.

"죄송해요. **그녀**에 대해서는 제가 성훈 씨에게 뭐라 말씀드릴 입장이 아닌 것 같네요. 그건 그녀뿐만 아니라, 세희 님에 대한 모독이 될 테니까요."

누구보다 소중하고 사랑하는 가족을 영원히 잃어버린 사람들에 대해 입에 담는 건, 사랑하는 가족을 지킬 수 있었던 사람이 할 일이 아니라는 건가.

"그래."

이해한다.

나도 돈 많은 사람들이 TV에 나와서 가난한 사람들에게…….

아니, 나 오늘따라 왜 이래? 세희가 옛날 일을 언급한 덕분에 자꾸 사회 비판적인 소리를 계속하게 되네.

"그보다 말이죠, 성훈 씨."

스스로 빈성하고 있는 내게 소희가 말했다.

"제 고백에 대한 대답은, 고맙다는 걸로 끝인가요?"

쳇!

통하지 않았나!

아, 물론 소희처럼 착하고 예쁘고 성격 좋…….

성격이 좋은 것처럼 보이는 여자아이가 저를 좋아한다는데 기분이 나쁠 리가 있겠습니까?

하지만 나래와 랑이와, 성의 누나와 결혼할 거라고 생각하고 있는 내게도, 아직 인간으로서 지키고자 하는 마지막 양심은 남아 있다.

그건, 내가 아직 다른 아이들의 진실 된 마음에 제대로 된 답을 정하지 못했다는 것.

그러니 지금은 소희에게 미안하지만, 확실하게 말해 두자.

그렇게 생각한 순간.

덜컹.

"정말 죄송합니다, 주인님. 일에 집중하다 보니 욕실 문이 고장 나 있던 걸 깜빡하고 말았습니다."

이 모든 사태의 원흉이 문을 열고 욕실 안으로 들어왔다.

"……그러냐?"

덕분에 뭔가 밥이 되려고 할 때 김이 빠진 것 같은 기분이 된 나는, 욕실에 들어왔을 때의 각오는 모두 잊고 그저 힘없이 세희에게 답했다.

그래, 세희가 뭐 그렇지. 하루 이틀이냐.

"……정말인가요, 세희 님?"

하지만 그런 생각도 등골이 오싹해질 것같이 차가운 목소리에 싹 사라졌다.

그런 나와 달리 세희는 한쪽 입꼬리를 쓰윽 올리며 대답했지만.

"질문의 의도를 모르겠습니다, 소희 님. 좀 더 자세히, 예를 들면 주인님께서도 그 속뜻을 이해하실 수 있도록 풀어서 말씀해 주시지 않겠습니까?"

세희와 소희의 불꽃 튀는 눈싸움이 시작되었다.

어, 그런데 말이죠. 문도 열렸겠다, 전 이만 나가고 싶은데, 어떻게 안 될까요?

"후우……."

그런 나를 배려해 준 건지, 소희가 한숨을 쉬며 먼저 세희의 시선을 피했다.

"제가 오해한 것 같네요, 세희 님. 죄송해요."

"괜찮습니다, 소희 님. 그보다 주인님과는 좋은 시간을 가지셨습니까?"

"예."

그렇게 대답한 소희는 벌떡 일어났다.

"세희 님의 선물, 정말 감사드려요."

깜짝 놀란 내가 미처 고개를 돌리기도 전.

나는 소희의 새하얀 나신을 볼 수…… 없었다.

내 눈으로 똑똑히 아무것도 입지 않은 걸 확인했던 소희는, 어느새 커다란 수건으로 몸을 가리고 있었으니까.

비록 물에 흠뻑 젖어 몸의 선이 그대로 드러나긴 했지만, 그렇다 해도 저 수건이 갑자기 생겨났다는 건 달라지지 않는다.

"어?"

소희는 당황해서 외마디 소리를 낸 나를 돌아보더니 장난기 넘치는 표정을 지으며 한쪽 손을 흔들었다.

정확히 말하면, 수수한 팔찌를 차고 있는 손목을.

"아무리 목욕을 한다 해도, 소중한 가족들이 준 선물을 몸에서 떼 놓을 리 없잖아요?"

그 앙큼한 고백에 할 말을 잃은 나를 뒤로하고 세희와 소희가 밖으로 나가자, 동시에 내 몸에서도 힘이 쭈욱 빠져나갔다.

"······아이고."

이럴 때 늑대가 무서워서 호랑이를 집 안에 불러들인 꼴이라는 속담을 쓰는 걸지도 모르겠네.

······우리 집 호랑이는 귀엽지만.

세 번째 이야기

목욕을 마친 후.

방으로 돌아와 탕의 열기와 머리의 물기가 마르기만을 기다리며 짧은 휴식을 취하고 있던 나는, 방문 틈새로 연기처럼 들어온 세희와 마주했다.

"준비를 마쳤습니다, 주인님."

그 앞뒤 없이 나온 뜬금없는 말에, 나는 그동안 많은 경험을 쌓은 덕분에 알게 된 진리를 적극 활용하기로 했다.

"무슨 준비?"

그것은 바로 모르는 게 있으면 괜히 헛다리 짚지 말고 물어보는 게 좋다는 것. 괜히 아는 척을 해 봤자 기상천외한 짓을 벌이는 게 취미인 녀석의 놀림거리가 될 게 뻔하니까.

그게 불만인지 세희는 살짝 인상을 쓰고서는 말했다.

"주제 파악 못 하는 애송이의 충격적인 자살 시도 덕분에 깜빡하고 계신 것 같습니다만, 그 전까지 저희는 주인님께서 요괴를 상대로 싸우는 법을 배워야 한다는 이야기를 나누고 있었습니다."

"……아, 그랬지."

사실, 그거보다는 뒤에 있었던 일 때문에 잠깐 잊어버리고 있었던 것 같지만.

실전 훈련이라, 해야지. 해야 하는데.

"그런데 나, 머리 다 안 말랐다."

이런 날씨에 머리도 제대로 안 말리고 마당에서 한바탕했다가는 아무리 그래도 감기에 걸리지 않을까 싶거든.

그런 이유 있는 발언에 세희는 눈을 찡그리며 답했다.

"사람에게 귀가 두 개고 입이 하나인 것은 직접 말을 하는 것보다 다른 이의 이야기를 듣는 것이 중요하다는 세상의 이치가 담겨 있는 것 아니겠습니까?"

"분명 좋은 말인데, 그 말을 하는 사람이 사람이다 보니까 설득력이 없어 보인다."

"말의 논점도 제대로 잡지 못하는 주인님께서 제 말꼬리를 잡는 것은 몇 번의 진화 과정을 더 거치셔야 가능한 일이니, 헛소리는 그만하시고 커피포트의 물보다 빨리 달아오르는 그 머리로 준비를 마쳤다는 게 무슨 뜻을 내포하고 있는지 생각이나 해 보시지요."

그래서 생각을 해 봤고, 답은 쉽게 나왔다.

"헬스장이라도 개조했냐?"

세희의 반응을 보니 밖이 아니라 안에서 훈련을 한다는 것 같은데. 실내에서 거리낌 없이 몸을 움직일 만한 장소는 헬스장밖에 없으니까.

"그렇습니다."

세희의 짤막한 대답에 나는 문득 불안해졌다.

"……많이 한 건 아니지?"

헬스장은 나래가 직접 손을 보면서 만든 곳이라 꽤 애착을 가지고 있거든요. 나래가 집에 돌아왔는데 엉망이 된 헬스장을 보고 마음이 상하면, 그걸 어떻게 달래 줘야 할지 상상도 안 간다고.

사실, 방법이야 많지만 제 이성이 버틸 자신이 없다는 게 문제죠.

"걱정하실 것 없습니다, 주인님. 기구를 옆으로 살짝 치우고 바닥을 한국인의 정서에 맞도록 살짝 바꾸었을 뿐이니까요."

"그러면 다행이고."

나는 마음속 한편에 쌓였던 불안을 아주 살짝 털어 버리고 바닥에서 일어났다.

그런 내게 세희는 소매 속에서 흰색 옷을 꺼내 내게 건네주며 말했다.

"갈아입으실 옷입니다."

어렸을 때 친구들이 입고 다니는 걸 자주 봤던 그 옷을.

"태권도복이냐."

어렸을 때도 입어 본 적 없는데 말이지.

하지만 왜 하필 태권도복이냐고 말했다가는 기상천외한 옷으로 바꿔 주겠지. 그냥 입자.

"그럼 씨름용 반바지에 삳바라도 드립니까? 안주인님과 다른 분들께서는 그쪽을 더 좋아하실 텐데 말이죠."

생각했잖아! 그냥 입겠다고!

"됐으니까 옷 갈아입게 나가."

"그전에 주인님께 드릴 말씀이 있습니다."

나는 옷을 갈아입으려다 말고 세희에게 말했다.

"뭔데?"

"천부인에 대한 것입니다."

그것만으로 나는 세희가 무슨 말을 하려는 건지 깨달았다.

"지금은 필요 없잖아."

실전 훈련이지, 실전은 아니니까.

"저 역시 그리 생각합니다."

응? 뭔가 내 생각과는 다른 반응이다?

"……가지고 가서 훈련할 때 쓰라는 거 아니었어?"

세희가 살짝 고개를 갸웃거리며 사람을 상당히 열받게 만드는 목소리로 말했다.

"주인님께서는 소희 님을 죽일 생각이십니까?"

무시무시한 말을 정말 아무렇지 않게 하네!

"갑자기 무슨 소리야?!"

"아무리 소희 님이 인간이라 한들, 천부인은 그 자체로 강력한 신기입니다. 무엇보다 천검은 세상에 자르지 못할 것이 없는 명검. 그런 무기를 들고 소희 님과 대련을 하시면, 무슨 일이 일어나겠습니까?"

나는 세희에게 말했다.

"간단하게 제압당하지 않을까?"

내가 말이지.

"정답입니다, 주인님."

그렇게 간단하게 인정하지 마. 왠지 모르게 슬퍼지니까.

"하지만 궁지에 몰린 쥐 새끼가 고양이를 문다고 하듯, 세상일이라는 것이 모두 순리대로 흐르는 것이 아닙니다. 그러니 혹여나 모를 위험을 배제하기 위해 오늘만은 금고 안에 고이 모셔 두기를 부탁드립니다."

"아니, 애초에 그럴 생각이었다고."

오늘은.

나는 애꿎은 머리만 긁적이며 세희에게 말했다.

"그래서 갑자기 천부인 이야기는 왜 꺼낸 거야?"

세희가 말했다.

"어디까지나 제 예측입니다만, 저는 주인님께서 **내일은** 천부인을 사용하실 거라 생각하고 있습니다."

"……그야, 그래야 하니까."

전에도 말했지만, 나는 이미 요괴들과 한판 붙을 때 천부인을 쓸 각오를 이미 마쳤다.

거기다 이번에는 그 에이라는 녀석을 통해 다른 요괴들에게 경고할 생각이기도 하고.

내 가족을 건드리면 죽는 것보다 더 험한 꼴을 당할 거라는 경고를.

그렇게 이를 갈며 벼르고 있는 내게, 어딘가 섭섭하다는 듯한 목소리로 세희가 말했다.

"주인님께서 마음의 힘을 쓰는 법을 어느 정도 익히셨으니, 천부인 또한 주인님의 뜻에 적당히 응할 가능성이 있습니다."

"좋은 소식이네?"

"과연, 그건 어떨지 모르겠습니다."

뭔가 애매모호한 게 사람을 불안하게 만드네.

"제가 알아본 결과, 바비큐 통구이라는 것이 꼭 돼지로만 할 수 있는 게 아니라는 사실을 몸으로 체험시켜 드리고 싶은 에이라는 요괴는 그리 강한 요괴가 아니었습니다."

그건 다행이군.

어린아이의 모습을 하고 있다 해도 무시무시하게 강한 대요괴는 우리 집에도 있으니까.

"그러니 내일 있을 결투에서는 천부인에 의지하지 않으시는 편이 좋을 것 같습니다."

솔직히 말하면 나는 세희가 나를 이 정도로 좋게 봐주고 있다는 사실에 놀랐다.

그동안 제가 당한 취급이, 음, 이건 말할 필요가 없겠지.

하지만 그것과 이건 다른 이야기다.

"왜."

나는 그 자식에게 절대로 질 수 없고, 질 생각도 없으며, 봐줄 생각도 없고, 방심도 안 할 거니까.

"저는 이미 그 이유를 말씀드렸습니다."

하지만 세희는 자기 할 말만 마치고는 눈앞에서 연기처럼 사라졌다.

결국 나는 혼자 남아서 세희가 무슨 뜻으로 내게 건의를 했는지 생각해 봤고, 곧 그 이유를 알 수 있었다.

……그래, 이미 말해 줬네.

나는 찝찝한 마음으로 옷을 갈아입고, 방에서 나가기 전 방구석을 한번 쳐다보았다.

요괴 하나쯤은 실수로 죽여 버릴 수 있는 신물이 보관되어 있는 강철 금고가 있는 쪽을.

* * *

헬스장용 신발로 갈아 신고 안으로 들어갔을 때.

나는 세희가 기구를 살짝 치우고 바닥을 한국인의 정서에 맞도록 바꾸었다는 말에 긴장을 풀지 않기를 잘했다고 생각했다.

생각보다 정말 많은 것이 바뀌어 있었으니까.

헬스 기구들은 세희의 말대로 벽으로 치워진 정도로 끝났지만 바닥, 바닥이 문제였다.

나는 세희가 갈아입으라고 준 게 태권도복이니까, 당연히 태권도나 유도 경기장에서 볼 수 있는 매트 같은 걸 까는 정도로 끝날 거라 생각했는데…….

한국적인 정서, 씨름용 반바지에 샅바라는 말을 가볍게 듣고 흘린 내 잘못이었다. 단순한 농담인 줄 알았는데, 그게 아니었네.

헬스장 한가운데에는 씨름하기 딱 좋아 보이는 모래밭이 넓게 펼쳐져 있었으니까.

나는 부디 나래가 돌아오기 전에 헬스장이 원래대로 되돌아오기를 바라며 씨름장으로 다가갔다.

씨름장 주변에는 철제 의자가 놓여 있었고, 그 위에 랑이와 아야, 그리고 이제 몸이 괜찮아졌는지 기운 넘쳐 보이는 폐이가 앉아 있었다.

이상하네. 폐이가 왔는데 치이가 안 보인다? 치이는 따로 할 일이 있었나?

사실 치이 말고도 세희와 소희, 냥이와 성의 누나, 그리고 성린도 보이지 않았지만…….

세희와 냥이야 그렇다 치고, 성의 누나는 옛날에 있었던 일 때문에 자리를 피한 거라 생각할 수 있다.

하지만 훈련을 도와줄 소희가 보이지 않는다는 건 좀 이상했지만, 그런 생각도 잠시.

"어? 성훈이가 처음 보는 옷을 입었느니라!"

반겨 주는 랑이의 목소리에 그 생각은 잠시 뒷전으로 미루게 되었다.

"크응? 그 옷은 뭐야? 왜 이상한 옷 입고 있어?"

[장풍 잘 쓸 것 같음.]

나는 아이들의 반응에 살짝 민망해진 마음을 애써 숨기며
말했다.

"세희가 갈아입으라고 준 거야."

이 모든 일이 세희 때문이라고.

"역시 세희가 보는 눈이 있느니라! 성훈이가 평소보다 엄청
야성적으로 보이느니라!"

하지만 그런 것도 순수하고 순진한 랑이의 악의 없는 칭찬
에 물거품이 되어 버렸다.

[머리는 이렇게 헝클이는 편이 더 좋음.]

하지 마. 연기로 손 만들어서 남의 머리 헝클이지 말라고.

"키히힝. 확실히 좀 어울리긴 하네, 이 거렁뱅이야."

옆에 와서 은근슬쩍 옆구리 툭툭 건드리지 마라.

나는 이 총체적인 난국에서 벗어나기 위해 화제를 돌렸다.

"그런데 내가 훈련하는 거 구경해 봤자 별로 재미도 없을
텐데, 괜찮겠어?"

정확히 말하면, 내가 얻어터지는 걸 봐도 괜찮겠냐는 뜻이
었다.

아이들에 대한 걱정이 한껏 묻어 있는 내 질문에 랑이는 비
장한 각오를 한 눈으로 나를 올려다보며 말했다.

"성훈이가 다치면 내가 빨리 치료해 주어야 하니까 말이니라."

……그 마음이 얼마나 고마운지, 절대로 다쳐서는 안 되겠
다는 생각이 들 정도구나.

"어쩔 수 없잖아. 크응, 우리 아빠가 나 없는 데서 맞고 다

니는 것보단 내 앞에서 맞는 게 훨씬 나으니까."

팔짱을 끼고 힘차게 콧숨을 내쉬는 아야의 마음을 이해할 수가 없었습니다.

[성훈의 흑역사 하나 영상으로 남기려고 옴.]

"넌 좀 맞자."

[우째서 나만?!]

페이가 쥐어박힌 머리를 부여잡고 억울하다는 듯 올려다보았지만, 나는 조금도 미안하다는 생각이 들지 않았다.

애초에 세게 때리지도 않았고, 저 녀석이 요괴넷에 내 영상을 올렸던 걸 잊지도 않았으니까.

아무리 그게 좋은 효과가 있었다고 한들, 부끄러운 건 부끄러운 거다.

나는 그날의 치욕적인 일을 잊기 위해 이야기를 돌렸다.

"그런데 치이는?"

[도와줘야 할 게 있다고 세희가 데리고 감.]

……세희도 이 자리에 있다는 이야기군. 하긴, 내가 괴로워하는 걸 즐기는 녀석이 빠진다는 건 있을 수 없는 일이니까.

그렇게 생각했을 때.

갑자기 헬스장의 불이 꺼졌다.

"으냐앗?"

"크응? 갑자기 뭐야?"

동시에 랑이와 아야의 눈이 번쩍하고 빛났지만, 그것도 잠시.

내 기억으로는 탈의실이 있는 쪽에 팟! 하고 스포트라이트가 켜졌다.

그리고 탈의실 문을 열고 나타난 것은!

……어째서인지 바니 걸 복장을 입은 치이였다.

바니 걸.

머리에 토끼 귀 머리띠를 쓰고 목에는 와이셔츠의 칼라를 본 따 만든 초커를, 어깨와 가슴 위가 훤히 드러나는 검은색 레오타드를 입고서 망사 스타킹과 하이힐을 신는 그 바니 걸 맞다.

참으로 모범적이라 할 수 있는 바니 걸 복장을 챙겨 입은 치이는 1 ROUND라고 써진 팻말을 번쩍 든 채 겨드랑이를 드러내고 있었다. 그런 치이의 얼굴이 얼마나 붉은지, 까치 요괴가 아니라 홍학 요괴라고 해도 믿을 지경이었다.

하지만 그렇게 부끄러워하면서도 고개만은 숙이지 않고 도도하고 섹시한 발걸음으로 씨름장을 향해 걸어왔다.

솔직하게 말하면 치이의 바니 걸은 정말 귀여우면서 매력이 넘쳤지만…….

씨름장에 바니 걸 복장의 라운드 걸은 조금 아니지 않을까요?! 그렇지 않습니까?!

"푸하하하핫!"

그렇게 생각한 건 나만이 아닌지, 참으로 드물게 페이가 배꼽을 잡고서 **소리 내어 웃었다.** 그 모습에 소꿉친구에 대한 안쓰러움이나 배려 같은 것은 조금도 없었고.

찌릿!

치이의 강렬하고도 매서운 시선이 정확하게 꿰뚫자 페이는 웃음을 뚝 그치고 잽싸게 내 등 뒤로 숨었다.

[치이 화났음. 나 죽을지도 모름]

너, 혹시 자업자득이라는 말 모르냐?

나는 그렇게 생각하면서도 아무런 대꾸 없이 치이를 빤히 바라보았다. 치이도 내 시선을 느꼈는지 안 그래도 빨간 두 볼이 더욱 빨개졌지만 걸음이 흐트러지거나 두 팔을 내리는 일은 없었다.

오히려 잘 보라는 듯 앙가슴을 펴고 조금 더 요염하게 걸을 뿐.

"……저런 거 좋아해, 이 호색한아?"

그런 내 옆에 살며시 다가온 아야가 작은 목소리로 물어 왔고, 나는 사실대로 말했다.

"응, 좋아해. 엄청, 아주 많이."

"키이잉?!"

내 솔직한 대답에 아야가 깜짝 놀랐지만, 뭐, 왜? 세상에 바니 걸 싫어하는 남자가 어디 있겠냐고.

……아, 물론 말이 그렇다는 겁니다, 말이. 사람마다 취향은 다를 수 있으니까요.

하지만 나한테 바니 걸 치이는 정말 환상적인 조합이었다.

무엇보다.

"그러하느냐? 그러면 나도 세희한테 부탁해서……."

"아니, 그건 좀 아닐 것 같은데."

"으냐앗?!"

치이는 랑이나 아야, 바둑이처럼 머리에 동물 귀가 없으니까요.

나는 내 대답에 깜짝 놀라서 할 말을 잃은 랑이와 아야의 머리를 쓰다듬으며 말했다.

"호랑이와 여우가 토끼 흉내를 내면 이상하잖아. 안 그래?"

하지만 치이는 괜찮다!

조류니까!

내가 이런 얼빠진 생각을 하고 있는 동안에 어느새 씨름장 한 바퀴를 다 돈 치이가 지척으로 다가와 있었다.

그러면서 알게 된 건데, 치이의 통통한 엉덩이에는 몽글몽글한 흰색 꼬리까지 달려 있었다.

완벽하군!

비록 장소가 어울리지 않다는 게 조금 슬프지만, 그럼에도 나는 경탄과 친애로 가득 찬 휘파람을 불 수밖에 없었다.

그리고 그게 치이에게는 일종의 방아쇠였나 보다.

"꺄우우우우! 더는 부끄러워서 못 하는 거예요오오오오!"

거의 비명을 지르며 두 팔을 날개로 바꿔서는 탈의실로 날아가 버렸으니까.

"성훈아……."

"……변태."

[방금 성훈, 완전 아저씨 같았음.]

아이들의 복잡한 시선을 받게 되었지만, 나는 당당하다!

"그, 그럼 갔다 올게."

스스로에게 너무나 당당하기 때문에 나는 씨름장 위로 도망쳤다.

온갖 매체로 접했던 바니 걸을 실제로, 그것도 치이가 입고 있는 걸 봤더니 잠깐 이성을 잃었던 것 같습니다.

······나래에게 한번 입어 달라고 하면 큰일 나겠지? 왠지 모르게 나래라면 조금 다른 방식으로 입을 것 같기도 하고.

등 뒤에서 따끔따끔한 시선을 받으면서도 얼빠진 생각을 했던 것도 잠시.

다시 탈의실 문이 열리고 밖으로 나온 소희를 보고 나는 마음을 다잡았다.

랑이는 내가 다치면 바로 치료해 주기 위해 이곳에 왔다고 했다. 소희는 내게 필요한 건 실전 훈련이라고 했고, 세희는 훈련은 실전처럼 해야 한다고 말했지.

그렇다는 건 이 자리가 그렇게 하하호호 웃으며 화목하게 끝날 자리가 아니라, 방심하면 뼈 하나 부러져도 이상하지 않을······.

그런 생각도 이쪽으로 걸어오는 소희를 보고 있자니 머릿속에서 깨끗이 사라졌다. 치이의 바니 걸도 대단했지만, 소희가 입고 있는 전투복도 다른 의미로 정말 대단했으니까.

저건 사실 알몸이나 다름없지 않을까? 중요 부위, 어, 그러니까 가슴이나 허리 아래쪽에는 뭔가를 덧붙이긴 했지만! 오히려 그게 더 위험해 보여!

그러고 보니 소희가 말했지. 자기 뜻대로 옷의 형태를 변형

시킬 수 있다고. 소희 입장에서는 단순히 움직이기 편해서 고른 디자인이겠지만, 보는 사람 입장에서는 참으로 위험한 생각이 드는 복장이니 조금 주의를 주는 게 좋을 것 같다.

소희의 뒤에서 같이 걸어오고 있는 세희와 함께.

……도대체 무슨 생각인지, 세희는 검은색 안대로 한쪽 눈을 가리고 목에는 수건을 걸고 있었다. 입에는 과장되게 튀어나온 이빨까지 붙이고서.

아니, 저 녀석은 도대체 뭘 하고 싶은 걸까?

내가 모르는 걸 보니 분명 만화나 애니메이션과 관련된 것 같은데.

그러거나 말거나, 소희는 씨름장 위로 올라왔고, 세희는 아래에서 주먹을 쥐며 외쳤다.

"약육강식이야말로 이 씨름장의 규칙이야! 이기느냐, 지느냐다!"

그러니까 그 얼굴로 남자 목소리 내지 말라고.

나는 갑자기 세희가 부끄러워져서 한 손으로 눈을 가리며 말했다.

"미안."

내가 무엇을 사과했는지 깨달은 소희는 작게 한숨을 쉬고서는 말했다.

"저는 절대로 저런 어른이 되지 않겠어요."

……아무 말도 하지 않겠습니다.

하고 싶은 말과 떠오르는 속담이 있지만, 하지 않겠습니다.

실제로 그렇게 될까 무서우니까.

나는 얼굴을 쓸어내리는 것으로 생각을 정리하고서, 소희에게 말했다.

"그것보다 말이다. 혹시 괜찮으면 그 옷 말고 다른……."

"성훈 씨가 훈련에 집중하시면 제 전투복 같은 건 아무 문제없겠죠."

거봐! 뭐가 '저는 절대로 저런 어른이 되지 않겠어요.'야?!

"그래도 좀……."

나는 당당하게 말하는 소희에게 간곡한 마음이 담긴 시선과 함께 부탁했지만.

"바라신다면 제게 명령하세요. 그렇다면 따를게요."

오히려 악수였다.

"아니, 그럴 것까지는 없으니까."

소희의 강고한 입장에 할 말이 없어진 나는 그저 모래판이나 휘휘 발로 긁을 뿐이었다.

그런 내게, 왠지 모르게 기쁜 음색이 느껴지는 목소리로 소희가 말했다.

"그러면 지금부터 훈련에 대한 개요를 간단하게 말씀드릴게요."

정신을 집중한 내게 소희가 말했다.

"원래는 언령을 쓰면서 싸우는 법을 가르쳐 드리려 했지만…… 성훈 씨가 이미 강력한 언령을 사용하셨고, 당장 내일로 일이 닥쳤으니 계획을 바꿨어요. 어설픈 기술을 배우는 것보다는 조금이라도 실전 경험을 쌓는 쪽으로 말이죠."

나는 그 자식에게 썼던 게 그리 강한 언령이 아니라고 생각하지만, 이쪽 일에 전문가인 소희의 말이니 따라야지.

"그러니 이번에는 한 번이라도 제게 유효타…… 아니, 한 대라도 맞히는 걸 목표로 해 주세요."

갑자기 불안해졌다.

만화나 소설 같은 걸 보면, 보통 이럴 때는 한 대도 못 때리고 탈진하는 게 보통이니까.

"그래."

그렇다고 가만히 앉아서 당해 줄 생각은 없지만.

나는 깊은숨을 내쉬고 간단하게 몸을 풀었다. 준비 운동은 중요하니까요.

"아, 그리고 성훈 씨."

그런 나를 가만히 보고 있던 소희가 문득 입을 열었다.

"부디 실전처럼 전력을 다해 주세요."

아마도 소희는 자기 실력에 자신이 있고, 내가 가족들에게 여린 부분이 있다는 걸 생각해서 한 말이겠지.

하지만 나는 다른 의미로 소희가 살짝 걱정이 되었다.

"……정말 그래도 돼?"

그런 내 말이 자존심을 건드렸는지, 소희가 살짝 눈썹을 꿈틀거리고 싸늘한 목소리로 말했다.

"지금 그 말, 제게 하신 것 맞나요? 꽤나 자신 있으신가 봐요, 성훈 씨?"

살짝 날이 선 소희의 대답에 괜한 말을 해서 미안하다고 사과하려 할 때.

"아!"

안색이 변한 소희가 나보다 먼저 허리를 90도로 숙이며 사과했다.

"죄, 죄송해요! 제가 살던 세계에서 병사들을 훈련시키곤 해서, 저도 모르게 험한 말이 나와 버렸어요. 정말 죄송합니다!"

어디가 험한 말인지 모르겠다.

덕분에 사과를 받은 나는 소희의 등에서 이어지는 엉덩이 라인이 참으로 예쁘다는 천벌 받을 생각이나 하게 되었다.

씨름장 아래에 서 있는 세희가 이쪽을 향해 경멸에 가득찬 시선을 보내고 있다는 사실을 깨닫자마자 양심의 가책을 느껴 바로 눈을 돌렸지만.

"괘, 괜찮아. 그럴 수도 있지, 뭐."

그제야 소희는 허리를 들었지만, 아직도 내게 미안해하는 기색을 숨기지 못했다.

이럴 때는 내가 먼저 말을 꺼내야겠지.

"그러면 시작할까?"

여기서 더 사과를 하면 오히려 나한테 폐를 끼치는 거라고 생각했는지, 소희는 고개를 끄덕이고 진지한 표정으로 말했다.

"예, 그래도 다시 말씀드리지만, 진심을 다해 주세요. 그래야 이 훈련이 성훈 씨에게 도움이 될 테니까요."

진심.

진심이라.

그러고 싶지는 않지만, 그건 나를 위해 이쪽 세계에 와 준 소희의 배려와 실력을 무시하는 일이 되겠지.

"······그러면 잠깐만."

그러기 위해서는 일단 마음가짐부터 바로 해야 할 것 같으니까. 물론 그런다고 내가 영화나 만화 속의 주인공처럼 갑자기 엄청나게 강해지는 일은 없다.

하지만 선택의 폭은 넓힐 수 있다.

그렇게 나는 기억을 되살리고, 마음을 다잡은 뒤.

"좋아."

두 걸음 밖의 소희에게 말했다.

"시작할까?"

"예."

소희가 몸을 숙이며 자세를 잡는 순간.

"아, 그전에 잠깐만. 신발 끈 좀 묶을게. 혹시 모르니까."

"알겠어요."

나는 고개를 끄덕이며 대답한 소희에게 좀 더 다가가 한쪽 무릎을 꿇고 신발 끈을 묶는 척을 하다가······.

모래를 뿌렸다!

"서, 성훈아?!"

"비, 비겁쟁이야!"

[시작부터 반칙임?]

등 뒤에서 아이들의 격한 반응이 터져 나왔지만, 알 게 뭐냐! 나한테는 이게 실전이고 이게 진심이다! 나는 지금까지 싸울 일이 있었으면 언제나 비겁하고 치사하게 해 왔다고!

하지만 이건 어디까지나 기세를 잡기 위한 얄팍한 수고, 당연히 피했을 소희에게…….

"치, 치사해요!"

……아니, 넌 왜 울면서 눈을 비비고 있냐? 그걸 예상 못한 거야? 거기다 실전에 치사한 게 어디 있다고 눈이나 비비고 있어?

나는 그렇게 생각하면서도 재빠르게 움직였다.

운 좋게 찾아온 승기를 놓칠 정도로 바보가 아니니까!

나는 최대한 몸을 숙이고, 눈을 비비며 허둥대고 있는 소희의 몸을 있는 힘껏 들이박았다!

"윽?!"

무슨 일이 벌어졌는지 깨달은 소희가 팔꿈치로 내 등을 내리찍기 전! 나는 옆으로 빠지면서 다리를 잡아 소희의 중심을 흐트러뜨렸다. 한쪽 다리가 허공에 뜬 소희는 그대로 넘어졌고, 나는 물 흐르듯이 한쪽 팔로 목을 조이면서 소희의 위로 올라타려 했지만!

"이익!"

소희도 대처법을 알고 있는지 무릎을 세우고 팔꿈치를 안쪽으로 붙였다. 나는 무릎으로 팔꿈치를 벌리려고 했지만, 체급 차이에도 불구하고 단단하니 열릴 생각을 하지 않는다!

하지만 나도 방법이 있지!

나는 소희의 무릎을 내 반대쪽으로 밀고서 아래쪽으로 조금 움직인 뒤, 엉덩이를 이용해 팔꿈치를 위로 들어 올렸다.

"흐, 흐앗?"

소희가 당황하는 기색이 역력하거나 말거나, 나는 몸을 숙여 압박하는 동시에 무릎을 배 위로 올렸다. 그제야 정신을 차린 소희가 몸을 움직이려고 했지만, 그 전에 이미 내 무릎은 이미 반대쪽 바닥에 닿았고 발은 소희의 엉덩이 아래쪽에 들어갔다.

"이, 이런 식으로!"

이유는 모르겠지만 화가 난 소희가 손으로 내 다리를 밀어서 자기 허벅지 사이에 끼려고 했다.

하지만! 나는 소희를 압박하고 있던 상반신을 세우고 팔꿈치를 당긴 뒤 무릎을 겨드랑이 아래에 넣고 위로 올라타 완벽하게 마운트 포지션을 잡는 데 성공했다.

휘유~

오랜만인데 아직 안 잊어 먹었네. 역시 몸이 제대로 기억한 건 잘 잊지 않는다. 어렸을 때와 다른 게 있다면, 바로 주먹으로 얼굴을 내리찍지 않았다는 거다.

소희는 진심을 다하라고 했지만, 아무리 그래도 이건 훈련이니까 거기까지 할 필요는 없겠지.

"계속할까?"

그래서 다음으로 나아가도 되는지 확인해 보는 말에.

"……당장, 지금 당장 제 위에서 내려오세요."

소희는 억울함과 분노로 충혈된 붉은 눈으로 나를 올려다보며 답했다.

뭔가, 뭔가 잘못된 것 같습니다.

그 사실을 깨달은 건.

"성훈 님은 요괴들과 그런 치사한 방식으로 싸울 생각이세요? 성훈 님의 체술이 훌륭했다는 건 부정하지 않겠지만, 첫 단추가 잘못됐잖아요! 성훈 님은 왕이에요, 왕! 요괴의 왕! 세상의 어느 왕이 처음부터 거짓말로 상대를 방심하게 만들고 반칙으로 우위를 점하냐고요! 그건 길거리 불량배나 할 법한 일이라고요! 그런 비겁한 방식으로 취한 승리로 도대체 누구의 마음을 움직일 건가요! 성훈 님은 도대체 누구한테 인정을 받을 생각이시냐고요!"

"……미안."

머리끝까지 화가 난 것처럼 보이는 소희의 꾸지람과.

"성훈아, 나는 성훈이가 아프거나 다치는 것보다는 어떤 식으로든 이기는 게 좋지만, 아해들 중에는 정정당당하게 싸우는 걸 좋아하는 이들이 많으니라. 적어도, 으냐아, 그렇게 남을 속이면서 싸우는 건…… 거짓말을 하는 건 안 좋다고 생각하느니라."

"……그래."

랑이의 어색한 반응과.

"키야아아아앙! 다른 요괴한테 아빠가 내 아빠라고 말 못 하고 다닐 정도로 꼴불견이었어, 이 한심아! 꼭 그렇게까지 해야 해? 응?! 그럴 거면 그냥 나하고 몰래 숨어 지내!"

"……아니."

아야의 분노에 찬 질타와.

"아우우우! 도대체 오라버니는 무슨 생각인 건가요?! 부끄러운 것도 참고 그, 그런 옷까지 입어서 오라버니를 응원했던 제가 바보 멍청이 같다는 생각이 드는 거예요!"

"……미안하다."

치이의 울분에 찬 한탄과.

[그야말로 최고였음! 완전 최악! 올해 내가 본 최고의 쓰레기였음! 재활용 불가!]

"넌 나중에 보자,"

[그러니까 왜 나만?!]

어쨌든 아이들의 부정적인 의견을 듣고 나서였다.

저, 저는 그냥…… 옛날처럼…… 최선을 다하려고 했을 뿐인데, 너무 과했나 봅니다.

스스로의 잘못을 반성하며 앞으로 이러지 말아야겠다는 생각을 하고 있을 때.

"이해해 주시지요, 소희 님."

힘들어하는 사람의 등에 웃으면서 칼을 꽂는 게 취미인 세희가 간당간당한 내 목숨을 끊으려고 나섰다.

"전에도 말씀드렸지만, 주인님께서는 그 심성이 워낙 음흉하고 포악하며 간악하고 난폭한 동시에 악독하신 분입니다."

거봐!

"하지만."

울컥했지만 할 말이 없어 입을 다물고 있는 사이, 세희가 말을 이었다.

"주인님께서는 그런 자신의 본질을 나래 님의 도움으로 깨달으시고 지금까지 자~ 알 다스려 오셨습니다. 덕분에 이제는 좀 사람답게 되셨지요. 그러니 지금은 따끔한 훈계보다는 사람에게 학대를 당해 난폭해진 유기견을 애정으로 돌보는 것 같은 따뜻한 자세가 필요하다고 생각합니다."

해석하자면 '저 인간은 지금은 좀 나아진 것처럼 보이지만 실상은 폭력과 기만으로 가득 찬 악마 같은 놈이니 함부로 건드리지 마라.'가 되겠습니다.

"······."

······아니었어?

되묻는 시선에 세희는 깊은 한숨과 함께 고개를 절레절레 흔들었고, 소희는 눈에 띄게 풀이 죽은 채 입을 열었다.

"······죄송해요, 성훈 씨. 세희 님의 말씀을 듣고 보니 제가 조금 흥분했던 것 같네요."

"아니, 내가 잘못한 게 맞으니까."

"아니요, 이건 제 실수가 맞아요."

소희는 딱 잘라 말했다.

"비록 자서전에 자세하게 적혀 있지는 않았지만, 제 말에 성훈 씨가 어떻게 반응할지는 충분히 유추할 수 있는 일이었으니까요."

그건 또 그거 나름대로 슬퍼지는 이야기라고 말하려고 했을 때.

"소희 님."

세희가 중간에 끼어들었다.

"훈련을 핑계로 합법적으로 주인님과의 신체 접촉을 즐길 생각에 의욕이 앞서 그런 실수를 범한 거라고는 왜 말씀 안 하십니까?"

"윽!"

이번에는 다른 의미로 볼을 붉힌 소희에게 세희가 계속해서 말했다.

"제가 눈치 못 챘을 것 같았습니까? 주인님의 더러운 수법에 당하기 전, 소희 님이 취하신 자세를 보면 누구나 알 수 있었을 겁니다. 주인님의 품을 파고들어 넘어뜨리고, 지금까지는 그저 지켜보기만 해야 했던 육체에 올라타서 자연스럽게 몸을 비비며 자신의 욕망을 조금이라도 충족시킬 생각이셨겠지요. 마침 상체가 훤히 드러나는 옷을 입고 계시니, 성욕에 눈을 뜬 중학생의 눈에 다른 게 보였겠습니까?"

"아니, 야, 잠깐만."

평소보다 선을 넘은 세희의 말에 나는 인상을 찌푸리며 중간에 끼어들었다.

"너는 무슨 말을 그렇게 하……."

끼어들었는데.

"예! 그래요!"

소희가 큰 목소리로 당당하게 외쳤다!

"저는 이 기회에 성훈 씨와 조금은 짙은 스킨십을 할 수 있을지도 모른다는 기대에 평소보다 시야가 좁아졌어요! 하지만 어쩔 수 없잖아요! 제가 사랑하는 사람이니까요! 아니다 싶은 부분에선 선을 확실하게 긋는 성훈 씨를 상대로 이럴 때가 아니면 언제 손을 대 볼 수 있을지 모르니까요! 그게 그렇게 잘못된 건가요?!"

세희의 독설을 긍정하는 말을!

"오……!"

그런데 랑이야, 박수는 갑자기 왜 치니?

소희의 강렬한 시선에서 피하기 위해 살짝 고개를 돌린 내게, 랑이가 자신의 생각을 말했다.

"이렇게 성훈이에게 올곧게 자신의 마음을 전하는 아해는 처음 보는 것 같아서 그렇느니라."

랑이의 말에 페이가 양 갈래 머리카락을 빙글빙글 돌리며 글을 썼다.

[나 잊은 거임? 나도 열심히 대시하고 있음!]

"웅? 하지만 페이는 장난처럼 하지 않느냐?"

[!!]

페이가 무릎을 꿇었다!

그런 소꿉친구의 모습에 치이는 어깨를 두드려 주며 따스한 목소리로 말했다.

"페이도 사실 부끄럼쟁이인 거 알고 있었던 거예요."

[적어도 치이한테 그런 말을 듣고 싶진 않았던 거임!]

훈훈한 둘의 모습을 계속 바라보고 싶었지만, 안타깝게도 지금 내가 그래도 되는 상황은 아니었다.

여전히 소희는 얼굴을 붉힌 채 내 반응만을 기다리고 있었으니까.

그래서, 나는!

"……손잡을래?"

내가 할 수 있는 최선의 대답을 했다.

소희는 내 얼빠진 대답에 어이없다는 듯이 한숨을 푸욱 쉬고 어깨를 축 늘어뜨린 뒤 말했다.

"……예."

소희의 손은 작고, 따뜻하고, 부드러웠습니다.

잠깐 사소한 문제가 있긴 했지만, 그 다음부터는 꽤나 진지한 훈련이 계속되었다.

다시 말하면, 내가 날아가고, 엎어지고, 바닥에 꽂히고, 뒹굴고, 잠깐 쉬는 그런 상황이 계속됐다는 거지.

치이가 5 Round라 적힌 팻말을 들고 나올 때까지.

……매번 바니 걸 복장으로 갈아입고 나올 거면, 그냥 입고 있어도 되지 않았을까. 아니면 한복 아래에 입고 있거나.

이건 어디까지나 제 개인적인 바람이었습니다!

어쨌든.

내 자세가 흐트러질 때마다 소희의 눈이 번뜩이고, 도복 속으로 파고드는 손길이 노골적이었던 적이 가끔씩 있었던 걸 제외하면, 정말 진지한 훈련이었다.

결국 그 후로는 한 대도 못 때리고 지금처럼 씨름장 위에 뒹굴기만 했지만.

"수고하셨어요, 성훈 씨."

"그래, 수고했어."

나는 소희의 손을 잡고 일어나며 궁금한 점을 물어보았다.

"어떻게 생각해? 내일, 괜찮을 것 같냐?"

"그건 성훈 씨가 가장 잘 알고 있지 않을까요?"

소희는 질문에 질문으로 답했지만, 언짢은 기분 같은 건 들지 않았다. 나를 향한 소희의 시선에 믿음이 한가득 담겨 있었으니까.

그동안 있었던 경험과 운동이 헛된 건 아니었구나!

"크응? 아빠치고는 꽤 괜찮을 것 같은데?"

"……확실히 평소의 오라버니처럼은 안 보였던 거예요."

너희 둘은 대체 나를 평소에 어떻게 생각하고 있던 거야?

나는 피식 웃고 치이와 아야의 머리를 거칠게 흐트러트린 뒤 말했다.

"그럼 난 잠깐 씻고 온다."

모래 위로 구르다 보니 온몸이 흙투성이가 되었으니까. 그런 나와 다르게 어째서인지 소희는 마당에서 한바탕했을 때처럼 몸에 먼지 한 톨 묻지 않았지만.

아사달이 정말 좋은 걸 선물해 줬나 보네.

부러운 건 부러운 거고, 나는 씻으러 가자. 목욕은 아까 했으니 지금은 간단하게 샤워만 하면 되겠지.

그렇게 헬스장에 있는 샤워실로 걸어가, 문을 열기 전.

"들어오면 안 된다?"

"드, 들켰느냐?"

아니, 그냥 있을 것 같았거든.

나는 뒤로 돌아서 고양이처럼 발꿈치를 들고 살금살금 다가오다가 그대로 굳어 버린 랑이의 머리를 툭툭 두드린 뒤 말했다.

"미안."

내 사과에 랑이가 깜짝 놀라 털을 곤두세우고 두 손을 휘저으며 말했다.

"아, 아니니라. 미안할 게 무엇이 있느냐?"

"같이 못 씻는 거?"

같이 씻어서 안 될 건 없지만…….

솔직히 지금은 랑이를 씻겨 줄 여력 같은 게 남아 있지 않거든.

이제는 랑이도 혼자 잘 씻지만, 눈앞에서 보고 있자면 조금이라도 더 구석구석 잘 씻겨 주고 싶은 게 연인의 마음 아니겠어?

……보호자의 마음에 더 저울추가 기우는 것 같지만.

"난 괜찮으니 씻고 나오거라."

"그래."

나는 랑이의 배웅을 받고 샤워실로 들어갔다.

문을 닫고 밖에서 인기척이 느껴지지 않는 걸 확인한 순간.

"에구구, 삭신이야……."

문 앞에서 주저앉은 내 입에서 절로 신음 소리가 흘러나왔다.

정말, 아이들이 말한 것처럼 낮잠이라도 안 잤으면 지금쯤 녹아내린 엿가락처럼 바닥에 눌어붙어 있지 않았을까. 말 그대로 온몸이 후들거린다.

그래도.

"기운 내자."

다른 때라면 몰라도, 지금은 아이들 앞에서 약한 모습을 보이고 싶진 않으니까.

＊　＊　＊

훈련 덕분에 평소보다 조금 늦어진 저녁 식사 시간.

나는 내심 소희가 한국의 식문화에 적응을 잘 할 수 있을까 걱정이 됐다.

저쪽 세계에서 식사 때마다 가장 힘들었던 게 밥이었다. 쌀을 주식으로 하지 않는 세계였으니, 소희 입장에서는 이 세계의 쌀밥이 입에 맞지 않을 가능성도 있어 걱정이 안 될 수가 없지.

거기다 요즘에야 위생 문제로 국과 찌개 같은 건 따로 덜어서 먹곤 하지만, 반찬은 그렇지 않은 경우가 많잖아? 우리 집도 그렇고.

아, 물론 젓가락질 같은 건 걱정 안 한다.

다른 사람도 아니고 소희니까 순식간에 나보다 능숙하게 할 게 눈에 보이거든.

그런데.

언제나 그렇듯이 문제는 생각하지 못하는 곳에서 터지는 법이다.

"소희 님을 위해 특별히 준비해 드렸습니다."

"……제게 이런 특별 대우가 필요 없다는 걸 세희 님께서 모르실 리가 없을 텐데요."

"그걸 알면서 왜 물어보시는 겁니까?"

"제가 아닌 다른 분들을 위해서죠."

"그렇다면 의미 없는 발언이셨습니다, 소희 님. 제가 이런 성격이라는 것을 모르는 분은 이 집안에 없습니다."

그렇다.

시간만 나면 소희를 건드리다 못해 바늘로 콕콕 찌르는 세희가 이번에도 일을 저지른 거다.

"저는 성훈 씨와 같은 상에서 먹겠어요."

다른 세상, 정확하게 말하면 서양 문화권이었던 다른 세상에서 온 소희를 배려해 준다고 이 녀석이 안방 구석에 번쩍거리는 식탁을 가져와서 그 위에 음식을 차려 버렸어!

"안타깝게도 소희 님을 위해 준비한 코스 요리는 주인님과 같은 상에서 즐기시기에 적합하지 않습니다."

그것도 한쪽 손에 흰색 수건? 저걸 뭐라고 하지? 어쨌든 흰색 천을 걸친 웨이터 차림으로!

야! 넌 그래서 밥 언제 먹게?! 장난칠 때 치더라도 밥은 같이 먹어야지!

……뭔가 딴죽 거는 부분이 이상할지도 모르겠지만, 지금 중요한 건 세희와 소희의 가벼운 말싸움이 계속되고 있다는 거다.

"무엇보다, 소희 님의 의복 또한 자리에 앉아 식사를 하시기엔 부적합해, 다른 분들께 불편을 끼칠 우려가 있습니다."

음, 그건 그렇지. 지금 소희가 입고 있는 건 품이 넓은 드레스라서, 옆에 앉아 밥을 먹기에는 상당히 불편할 것 같긴 하니까.

혹시 다른 아이들이 실수해서 소희의 옷에 김치 국물이라도 튀어 봐! 보통 옷이 아닌 만큼 문제야 없겠지만 일단 기겁부터 할 거야!

"그건 그러네요."

소희도 세희의 말이 일리 있다 생각했는지, 순식간에 입고 있는 옷을 변화시켰다.

"이러면 됐죠?"

"아니, 그건 아니지."

그렇게 결국 나는 참지 못하고 둘의 대화에 끼어들었다.

첫째.

밥이 식고 있다.

둘째.

랑이의 입에서 흐르는 침을 손수건으로 닦아 주는 냥이의 눈빛이 점점 매서워지고 있다.

셋째.

내가 배고파서 죽겠다.

넷째.

이게 가장 중요한 건데.

저건 집에서 밥을 먹을 때 입을 만한 옷이 아니다.

소희가 드레스에서 변화시킨 옷은, 검은색 타이즈에 미니스커트. 그리고 그 안에 하단을 집어넣고서 단추 몇 개를 푼 블라우스였으니까.

누가! 집에서 밥을 먹을 때! 정장을 입어!

"마, 마음에 안 드시나요?"

그런 내 반응이 예상외였는지 소희가 살짝 놀라 내 눈치를 살피며 말했다.

"자서전엔 성훈 씨가 수영복 다음으로 좋아하는 옷이라 나왔는데……."

나는 아이들의 시선이, 놀랍게도 성의 누나의 시선까지 포함해서 내게 향하는 것을 보고 말을 고르고 골랐다.

"아빠, 좋아한대."

성린의 폭로에 별 의미가 없었지만.

동시에 소희의 표정이 밝아졌지만, 나는 가족들이 오해하기 전에 급히 손을 들어 반쪽짜리가 아닌 온전한 사실을 말했다.

"좋아하긴 해."

검은 타이즈와 미니스커트의 조합을 정말 좋아합니다. 특히나 몸매가 날씬한 소희가 입으니까 각선미가 더욱 부각돼서 눈이 즐거울 정도다. 그로 인한 대가인지는 몰라도 어렸을 때와 별다를 바 없는 신체 부분이 조금 아쉽긴 하지만, 주름 하나 없는 블라우스에 단추를 푼 것도 좋아하고요.

하지만!

"아빠, 엄청 좋아하고 있어."

"아니, 잠깐! 성린아! 아빠가 말 좀 할게!"

반쯤 기겁해서 외친 소리에 성의 누나와 성린이 깜짝 놀라 귀를 막았다.

"미안해."

"괜찮아요, 성훈."

성의 누나는 그래도 이해한다는 따뜻한 시선을 보내 줬지만 성린은 입술을 살짝 내밀었다.

미안해, 성린아. 그래도 응? 아빠가 왜 흥분했는지 알지? 조금은 아빠의 사생활 보호를 해 주지 않겠니?

"왜?"

솔직히 여기서 성린이 질문해 올 거라고는 생각 못 했지만, 나는 당황하지 않고 성실하게 대답해 주었다.

"냥이가 나를 쓰레기 취급하는 눈으로 보기 시작했으니까."

내 말에 냥이가 인상을 찌푸리며 말했다.

"쓰레기를 쓰레기 보는 눈으로 보는 것이 무엇이 문제이느냐?"

그래도 그나마 다행이라고 한다면.

"왜? 아빠가 왜 쓰레기야?"

성린의 관심이 냥이에게 옮겨 간 것과.

"흠, 흠, 역시 그러했구나."

랑이가 몇 번이나 고개를 끄덕이며 이미 내 취향을 알고 있었다는 듯 말하는 것.

"아우우우, 오라버니는 도대체 왜 저런 옷을 좋아하는지 모르겠는 거예요."

치이가 자신의 맨다리를 매만지며 투정 섞인 불만을 말한다거나.

[검스의 승리임.]

그런 치이와 달리 폐이가 콧대를 높이며 어깨를 으쓱했다는 것.

"난 가끔 아빠 취향은 이해 못 하겠어."

아이의 모습으로 있으면서 이미 많은 것을 포기한 아야가 깊은 한숨을 내쉬며 어쩔 수 없다는 반응을 보여 줬다는 것 정도일까?

……다행인 거 맞지?

어쨌든, 나는 그런 아이들의 반응에 용기를 얻고서 소희에게 말했다.

"어, 어쨌든 좋아하긴 하는데, 밥 먹을 때는 불편하지 않을까?"

"전 괜찮아요. 오히려 편한걸요."

그야 드레스와 비교하면 무슨 옷이 불편하겠니.

덕분에 할 말이 없어진 나를 빤히 바라보던 소희가 살짝 얼굴을 붉히며 내게 말했다.

"알겠어요. 그러면 성훈 씨는 제가 어떤 옷을 입었으면 좋겠나요?"

갑자기 딴소리라고 생각하겠지만.

누구나 다 한 번씩은 이런 경험이 있을 거다.

예를 들어, 아파트 9층에서 창밖을 바라보며 저기서 뛰어내리면 어떻게 될지 생각을 한다거나.

360도 회전을 하던 롤러코스터가 갑자기 멈출 경우를 상상한다거나.

그런 최악의 경우가 자신에게 찾아왔을 때를 생각하는 경우가.

나는 혹시나 이게 정신적인 문제가 있는 건가 싶어 몰래 인터넷에서 찾아봤었다. 그리고 안심했지.

알고 보니 최악의 경우를 상정해서 그에 대한 대비책을 강구하기 위한 인간의 생존 본능에 기반한, 너무나 자연스러운 일이라고 나와 있었으니까.

문제는 그 생존 본능이 지금 발휘되었다는 거다.

지금 소희가 입어서는 안 되는 가장 위험한 옷을 떠올리는 것으로.

위기! 위기입니다!

아무리 나라도 이걸 가족들이 알게 되면 정말 큰 문제가 될 수 있다고 생각한 순간!

"뿌우."

내 귓가에 성린의 볼멘소리가 들려왔다.

깜짝 놀라 고개를 돌려 보니 성의 누나의 품에 안겨 있는 성린이 볼을 크게 부풀리고 있었다.

한눈에 봐도 자기는 아무 말도 안 했는데 의심부터 하니 나한테 살짝 화가 난 모습이었다.

하지만 나는 그 모습조차 너무나 귀엽고 사랑스러웠다.

미안해, 성린아! 그리고 고마워! 아빠가 성린이를 사랑하는 거 알지?

그런 내 생각을 읽었기 때문일까. 성린은 푸우~ 하고 볼에 한껏 들어간 공기를 내뱉었다.

"성훈 씨?"

그러는 동안에도 시간은 잘도 가고 있었지만.

나는 너무 아무 말도 없이 가만히 있었다는 걸 깨닫고 급히 소희에게 대답했다.

"어…… 트레이닝복이면 되지 않을까?"

정말 평범한, 집에서 편히 입을 수 있는 옷을.

"……트레이닝복이요?"

하지만 다른 세계에서 살던 소희가 그런 걸 알 리가 없지.

[이런 거임.]

그리고 내 기억으로는 처음으로 페이의 그림 실력이 좋은 쪽으로 발휘되었다.

"이런 옷이 좋으신 건가요……?"

연기로 그린 옷의 형태를 본 소희는 참으로 복잡한 표정을 지었지만, 그것도 잠시.

"부디 이 모습이 성훈 씨의 마음에 들었으면 좋겠네요."

이내 트레이닝복으로 옷을 변화시켰다.

"좋아. 응, 잘 어울린다."

입에 발린 소리가 아니라 정말이다. 드레스나 전투복에서는 느낄 수 없었던, 평범한 소녀의 느낌을 물씬 풍겼으니까.

"가, 감사합니다."

내 순수한 칭찬에 소희가 살짝 얼굴을 붉히며 대답하는 것과 동시에.

"그래서 언제까지 네놈의 연애질에 어울려 주어야 하는 것이냐?"

냥이가 내게 따끔한 일침을 날렸다.

야! 나도 배고파! 하지만 어쩔 수 없었잖아!

……그렇게 반론하기에는 내 배도 너무 고팠고, 나는 숟가락을 들며 말했다.

"그럼 밥 먹자."

그리고 소희는 자연스럽게 제 옆에 앉았습니다.

"고마워요, 랑이 님."

놀라운 건 소희가 식탁에서 내려와 앉을 자리를 찾자, 랑이가 당연하다는 듯이 한 칸 옆으로 자리를 옮겨 줬다는 거고.

"성훈이와 오랜만에 만났는데 이런 것도 신경 안 써 주면 되겠느냐?"

우리 랑이가 이렇게 착합니다!

"이 집안의 큰언니로서 말이죠?"

"응!"

……뭔가 가볍게 넘겨서는 안 될 말이 들린 것 같지만, 나는 못 들은 척하고 텅 빈 위장을 채우는 데 전념하기로 했다.

부정할 만한 일도 아니고.

"역시 제가 만든 음식은 맛있군요."

참고로 식탁에 차려진 음식은 세희가 맛있게 먹었답니다.

* * *

숟가락을 들기 전까지는 정말 힘들었다는 것과는 달리, 세희가 차린 밥을 소희가 정말 잘 먹었다는 것 말고는 특이한 점이 없었던 저녁 식사가 끝난 뒤.

평소라면 다과를 즐기며 환담을 나눴을 시간이었지만, 아이들은 한시라도 빨리 방으로 돌아가서 푹 쉬라고 내 등을 떠밀었다.

덕분에 나는 장롱에서 이불을 꺼내 등받이로 삼아 느긋하게 생각에 잠길 시간을 가질 수 있었고.

피곤해서 당장이라도 눈꺼풀이 떨어질 것 같지만, 내일은 지금처럼 깊이 생각할 수 있는 시간이 없을 테니까.

어머니가 뭘 생각하고 계신지를 말이야.

그걸 알기 위해서는 어머니에 대해서 조금 짚어 보고 넘어 갈 필요가 있다.

냥이에게 자의식의 괴물이라고 인정받으신 어머니의 꿈은 세계 평화다. 하지만 그 말이 가정을 도외시한다는 것과 같은 뜻은 아니다.

바쁘신 와중에도 아버지를 끌고 다니셨고, 바쁜 와중에도 나와 나래의 사이가 **살짝!** 틀어지자 바로 달려오셨잖아?

즉, 어머니께서는 세계 평화를 꿈꾸면서도 동시에 가족들을 생각하시는 분이라는 거지.

자기 기준에서 말이야.

그런 시점에서 이번에 어머니의 의도를 생각해 보면, 가장 간단하고 편하게 나오는 가설은 역시 그거다.

내게 보내는 경고.

네 선택이 주변 사람들을 위험에 빠뜨릴 수도 있다. 하지만 이건 떠올린 순간 아니라는 결론이 났다.

일단 내 주변에서 나 때문에 위험해질 수 있는 **사람**들이라고 해 봤자 세현이 끝이다.

……내 좁고 좁은 인간관계를 다행이라고 여겨야 할지도.

잠깐 눈물 좀 닦자.

어쨌든, 아버지와 어머니의 경우에는 세희가 신경을 쓰고 있으니까 걱정할 게 없지. 그런데 어머니께서 아들의 인간관계에 문제가 있다는 사실을 눈치 못 채시고, 세희의 만류에도 불가하고 그런 일을 벌였다?

그럴 리가 없지.

무엇보다 내 가족들과 지인들의 안전은 세희가 책임지고 있으니까 말이다.

그렇다면 다음 가설.

어머니와 나래가 에이에게 잡혀 수모를 겪고 그 영상을 요괴들이 보게 되는 것이 세계 평화에 이바지되는 일일까?

어머니가 하시는 일이니 크게 보면 그렇겠지만, 이번 일로 한정해서 보면 아닐 것 같다.

이게 도대체 세계 평화에 무슨 도움이 되는데?

아, 분명 나래의 엄한 차림은 분명 세계 평화에 도움이 될 거다. 보는 것만으로도 세상의 인구 절반을 행복해지게 만드니까.

하지만 다른 이에게 보여 줄 생각은 없었다.

……생각이 엇나갔네. 다시 집중하자.

내가 보기에 이번 일은 요괴들에게 곰의 일족의 위상이 떨어지는 일이다. 곰의 일족의 수장인 나래가 에이라는 요괴에게 잡힌 것으로 모자라, 그런 수모를 당했으니까 말이지.

즉, 이번 일로 요괴들이 곰의 일족을 우습게 여길 가능성이 높다는 뜻이다.

그런데 이 일이 도대체 어떤 식으로 흘러가면 세계 평화를 원하는 어머니에게 도움이 된다는 걸까.

더 나아가면 나에게.

"흠."

모르겠다.

에이라는 요괴, 방송, 수치, 요괴의 왕, 세계 평화.

이 단어들을 나열해서 제대로 된 문장을 만들 수가 없다. 뭔가 내가 모르는 중요한 게 빠져 있는 것 같아.

"……잠이나 잘까."

그래, 피곤에 지친 머리로 무슨 생각을 하겠다는 거야? 당장 오늘 아침부터 서울에 갔다가 지리산으로 돌아와서는 아이들을 달래고, 치이와 페이에게 부탁해서 소희를 이쪽으로 데려오고 몸에 이상한 요술을 건 다음에 언령을 쓰는 법을 배우고 좀 쉴까 했더니 에이라는 망할 요괴가 날뛴 덕분에 소희의 손에 실컷 날아다녔는데.

정말…… 하루 사이에 많은 일이 있었네요.

이렇게 할 일이 많았던 하루는 오랜만이었던 것 같다. 나는 그렇게 생각하며 주섬주섬 이부자리를 펴고 불을 끄려다가, 문득 방구석에 있는 금고가 생각났다.

세희가 에이를 죽일 생각이 아니라면 천부인을 쓰지 말라고 조언을 해 줬을 때.

내가 마음의 힘을 언령으로 쓰는 법을 배웠으니, 천부인 또한 내 뜻에 대충 답할지도 모른다는 말을 했었지.

흠. 내가 아무리 피곤해도 그런 말을 듣고도 이불을 덮고 꿀잠을 잘 수 있을 정도로 호기심이 없는 편은 아니라서 말이야.

밤하늘의 부탁도 있고 말이지.

그래서 나는 금고 앞에 가서 털썩 엉덩이를 깔고 앉았다.

사물함만 한 크기에 키패드가 달려 있는 게 비밀번호를 누르고 돌리면 열리는 구조인 것 같다.

그런데…….

비밀번호가 뭐지?

처음 밤하늘에게 천부인을 반강제로 넘겨받았을 때는 이걸 절대 쓸 생각이 없어서 비밀번호를 물어보지 않았다. 그게 이제 와서 내 발목을 잡는구나.

"알려 드립니까?"

넌 내 목줄을 잡고 있고.

나는 인기척도 없이 방에 들어와서는 불쑥, 어깨 너머로 얼굴을 들이민 세희 덕분에 목구멍까지 올라왔던 비명을 억지로 삼켜야만 했다.

세희의 귀가 아픈 건 자업자득이겠지만, 내 비명 소리를 듣고 아이들이 깜짝 놀라 뛰어오면 안 되니까.

"……넌 좀, 아, 진짜, 내가 애들 때문에 고운 말, 착한 말만 쓰려고 하는데 협조 좀 해 주라. 응?"

진짜 놀랐다고!

그러거나 말거나 세희는 허리를 펴고서는 너무나 자연스럽게 내 옆에 나란히 앉아서는 말했다.

"뭐 어떻습니까? 18세 청소년이 말을 할 때는 **십 할**의 확률로 욕설이 나오는 게 보통인 법입니다. 미국의 초대 대통령도 말하지 않았습니까? 소년이여, 욕을 해라!"

나는 있는 힘껏 인상을 쓰고 특정 단어를 말하는 데 힘을 준 세희에게 말했다.

"한 나라의 대통령이 그런 말을 할 것 같진 않은데."

다른 쪽은 부정할 수 없었습니다.

"미국의 16대 대통령인 에이브라함 링컨이 초대 대통령에게 직접 들었다고 인터넷 방송에서 발언하는 걸 본 적 있습니다만."

"아니라는 거잖아!"

세희가 어깨를 으쓱하며 말했다.

"과연, 어떨까요."

야, 그런 말 하지 마. 네가 그러니까 꼭 역사 속의 위인이 지금까지 살아서 취미로 인터넷 방송을 하고 있어도 이상하지 않겠다는 생각이 들잖아.

······아니, 잠깐.

이건 확실하게 하고 넘어가야겠군.

"야, 그런데 말이다."

나는 지금까지 벌어졌던 말도 안 되는 사건들 때문에 나도 모르게 넓어져 버린 가능성의 영역에서도 정말 말도 안 되는 일이, 실제로 일어나지 않았다는 사실을 세희에게 확인받기로 했다.

"······그 에이라는 요괴가 그, 미국의 대통령이었던 사람은 아니지?"

정말 만약의 만약에 상황을 가정해서 상당히 조심스럽게 물어본 내게, 세희는 잠깐 동안 나를 멍하니 바라보더니······.

손을 들어 입가를 가리고 웃었다.

푸흡, 같은 실소나, 크큭, 하는 비웃음 같은 걸 이야기하는 게 아니다. 세희는 다른 손으로 바닥을 치며 그야말로 박장대소를 했으니까.

덕분에 세희가 저렇게 대놓고 웃을 정도로 얼빠진 생각을 했다는 사실에 부끄러워진 나는, 얼굴에 피가 몰리는 것을 느끼면서도 있는 힘껏 태연한 척 말했다.

"아니, 야, 적당히 좀 해라. 오히려 이럴 때는 그동안 얼마나 고생을 했으면 그런 말도 안 되는 상상을 할 수 있냐고……"

"크흐흐흡, 어, 어딘가의 모바일 게임, 푸흡, 게임도 아니고, 파하하하핫! 도, 도대체 어떻게 하면, 꺄하하핫!"

내 필사적인 변명 소리를 잡아먹는 걸로도 모자라 이제는 눈물까지 흘리면서 웃는 세희를 보고 있자니 더 이상 참을 수 없었다.

"아, 그만 좀 웃으라니까!"

그리고 마음에서 뭔가가 떨어져 나가는 데서 비롯된 공허함을 느끼는 것과 동시에.

"……"

세희는 한순간에 뚝, 하고 웃음을 그치고 무뚝뚝한 표정으로 변해 나를 바라보며 입을 열었다.

"알겠습니다, 주인님."

그건, 그건 일종의 공포였다.

조금 전만 해도 폭소하던 세희가 한순간에 웃음을 멈추고 무표정하게 변해 무미건조한 목소리로 대답하는 모습은, 내게 끔찍한 두려움을 주었다.

세희라면 그럴 수 있다. 나를 놀리기 위해 지금 연기를 하는 걸지도 모른다. 그렇게 생각해 보려 하지만, 내 눈은 그 사실을 부정했다. 지금 내 앞에 벌어진 일이 스스로 이끌어 낸 현상이라는 것을 인정하라 말하고 있다.

그로 인한 공포가 뱀처럼 등골을 기어올라 와 내 목을 조였다.

"그래서."

그런 스산한 감촉을 떨어뜨린 건 평소와 같은 세희의 목소리였다.

"어떠셨습니까, 주인님. 그동안 주인님을 희롱하기만 하던 저를 언령으로 제압하고 뜻대로 조종하신 소감은?"

그제야 나는 모든 것을 이해했다. 그와 동시에 지금껏 무시하고 있던 깊은 탈력감에 몸이 스르르 앞으로 무너졌다.

"괜찮으십니까, 주인님?"

"어, 응. 아마, 아마도."

언령을 쓴 것 때문에 조금 지치긴 했지만, 말했지만 그건 조금이다. 그것보다는 내가 한 짓에 대한 정신적인 충격이 컸다.

나는 온몸을 지배하는 피로에 손을 들어 얼굴을 쓸어내리며 말했다.

"넌 진짜……."

"필요한 일이었습니다."

"그래, 필요한 일이었던 것 같긴 해."

격한 감정에 휩쓸려 나도 모르게 언령을 쓰는 게 얼마나 끔찍한 일인지 한순간에 깨닫게 해 줬으니까.

그리고 동시에 언령으로 다른 사람의 의지를 제어하고 통제하는 게 얼마나 무서운 일인지 이해할 수 있었고.

그래, 이게 낮에 세희가 말했던 백신이었구나.

"나도 모르게 쓰는 일이 없도록 조심해야겠네."

상대가 세희라서 다행이지. 만약에 랑이에게 같은 일을 했다고 생각해 봐.

히이이익! 상상만 했는데도 순식간에 소름이 돋고 몸이 부르르 떨린다!

"조심하셔야 합니다, 주인님. 주인님께서 격해진 감정에 휩쓸려 제게 모든 요괴를 죽이라고 언령으로 명령하시면 저는 그 말씀을 따를 수밖에 없으니까 말이죠."

지금은 다른 의미로 떨리고!

"······넌 꼭 예를 들어도 그렇게 무서운 걸 드냐."

"실제로 있을 수 있는 일입니다."

"안타깝게도 이번에는 네가 틀렸어. 나는 절대로 그딴 소리를 안 할 거니까."

음, 아니지.

"나는 절대로 네게 모든 요괴를 죽이라는 소리를 안 한다."

다시 뭉텅하고 뭔가가 빠져나가는 기분이 들었지만, 나는 언령을 쓴 걸 후회하지 않는다.

그도 그럴 게 모든 요괴라고 하면 당연히 우리 집 아이들도 들어가잖아? 내가 그럴 리는 없지만, 세상일은 모르는 법이다. 이런 식으로 스스로에게 안전장치를 걸어 놓아서 나쁠 건 없겠지.

그리고 우리 집의 또 다른 안전장치가 말했다.

"……이건 예상외로군요. 주인님께서 스스로 언령을 응용하는 법을 깨우치실 가능성은 상당히 낮았는데 말이죠."

……응?

"응용?"

"모르고 하신 겁니까?"

이게 무슨 소리인가 싶어 잠깐 생각을 해 보니 답이 쉽게 나왔다.

"아, 언령이란 게 나한테도 쓸 수 있는 거였어?"

어이없어하는 티를 숨기지 않으며 세희가 말했다.

"그러면 대체 조금 전에 하신 일에 도대체 무슨 의미가 있는 겁니까?"

"자기 자신에 대한 다짐 같은 거지."

"……그렇습니까?"

세희는 실망감이 깊이 담긴 한숨을 내쉬었지만, 나는 언령에 대한 새로운 지식이 늘어났다는 사실에 기뻤다.

언령은 자기 자신을 대상으로 삼아도 효과가 있구나. 좋은 걸 알았네.

"뭐, 지금은 필요 없는 거였지만."

내가 그딴 헛소리를 한다고 해서 이 녀석이 내 말을 곧이곧대로 따를 리도 없고 말이야.

"저는 압제에 반역하는 샛별이니까 말이죠."

실망감에서 벗어난 세희는 앉은 자세에서 두 팔을 높이 들었다.

그 모습은 마치 미국의 유명한 히어로를 흉내 내는 것 같았다. 그게 도대체 압제와 무슨 관계가 있는지 이해할 수는 없었지만.

또 서브컬처 관련 농담인가 보군.

나는 나중에 휴대폰으로 압제와 반역이 뭔 소리인지 검색해 보기로 생각하며 세희에게 말했다.

"하고 싶었던 말은 그게 끝이야?"

"한 가지 더 있습니다."

"뭔데?"

자세를 고쳐 앉은 세희가 내 눈을 똑바로 바라보며 말했다.

"그 어떤 용도라 해도 도구는 사람이 쓰기 나름입니다, 주인님. 거듭 말씀드리지만 언령이 가벼이 생각하고 다루어서는 안 되는 주술이고 아직 **주인님께서 모르시는 주의할 것들이** 많습니다만, 그렇다고 두려움에 빠져 무작정 멀리하셔도 안 된다는 사실을 말씀드리고 싶습니다."

세희의 진지한 충고에.

"그러고 싶어도 못 해."

나는 심드렁하게 대답했다.

"내가 지금 그럴 상황도 아니고."

나는 지금 찬물 더운물 가릴 때가 아니다.

애초에 대요괴를 상대할 때 천부인을 써야겠다고 결심했을 때, 그런 위험은 감수하기로 각오했기도 하고.

왜, 세상은 Give&Take라고도 하잖아?

얻는 게 있으면 잃는 게 있고, 솟아오르는 게 있으면 가라앉는 것도 있기 마련이다. 인생은 뷔페처럼 내가 좋아하는 음식만 쏙쏙 골라서 빼먹을 수는 없는 법이라고. 일상 속에서 그러려고 하는 사람은 있을 수 있지만, 그런 염치없는 사람 곁에는 아무도 남지 않지.

그리고 나는 내 일상 속에서 가족들과의 거리가 멀어지는 게 무섭다.

그렇게 생각하는 내게, 세희는 누구라도 한눈에 알 수 있을 정도로 과장되게 안도의 한숨을 내쉬고서는 말했다.

"주인님께 최소한의 양심은 남아 있는 것 같아 다행입니다."

"어, 그래."

세희의 영혼 없는 칭찬에 나는 손을 휘저으며 말했다.

"그러면 이제 난 잘 거니까, 그만 가라."

덕분에 10년 감수했으니까.

그렇게 언제 눈앞에서 그림자 속으로 들어가든, 연기처럼 사라지든 상관없도록 열심히 손을 흔들며 배웅해 주고 있는 내게 세희가 말했다.

"비밀번호는 필요 없으십니까?"

……아.

나는 잠깐 고민을 해 봤다. 놀랍게도 반인반선의 호기심이 밤하늘의 도움을 받아 피곤함을 이기고 챔피언 벨트를 손에 넣었다.

"뭔데?"

"20101201입니다."

"20101201."

나는 세희가 불러 준 숫자대로 금고의 키패드를 눌러 봤다. 삐삐삐삐 소리가 난 뒤, 딸깍 하고 잠금장치가 풀렸다.

"야, 그런데 이거 무슨 날짜……."

나는 옆을 돌아보며 물어봤지만, 이미 신출귀몰한 녀석은 흔적도 없이 사라진 지 오래였다.

언제나 그렇듯 자기 할 말만 하고 가는구나.

아니면 천부인 때문일 수도 있고.

나는 투덜대며 금고 안에 있는 청동 거울과 검, 그리고 방울을 보았다.

그러고 보니 밤하늘이 내 옷에 자기 마음대로 천부인을 찔러 넣은 뒤로 지금까지 한 번도 만져 본 적이 없구나.

……갑자기 무서운데?

저거 잡는다고 무슨 이상한 일이 벌어지는 건 아니겠지? 갑자기 내 눈과 입에서 푸른색 빛이 뿜어져 나온다거나, 성격이 변한다거나 하는 거.

그럴 리가 없죠.

밤하늘이 그런 함정을 팔 만한 성격처럼 보이지도 않았고,

그걸 모른 척할 세희도 아니……

아니겠지. 응, 아닐 거야.

그런 생각에 나는 손을 뻗어 먼저 청동검, 그러니까 천검을 들어 보았다.

"……."

당연하다면 당연하겠지만 아무 일도 일어나지 않았다. 그저 손잡이 부분이 손에 착 달라붙는 게, 식칼이나 커터 칼 대용으로 쓰면 정말 좋을 것 같다는 생각만 들었을 뿐.

나는 조심히 천검을 내려놓고 그다음으로 청동 거울, 그러니까 천경을 들어 보았다.

거울에 비친 내 모습이 평소보다 잘생겨 보인다.

음, 그렇군. 천경은 화장실 거울과 같은 효과도 있었어.

힘껏 멋진 미소를 지어 보인 나는 스스로가 한심해져서 조심스럽게 천경을 내려놓았다. 그리고 마지막으로 청동 방울, 천령을 바라보았다.

다른 두 개는 한번 만져 보고 말 생각이긴 했지만 천령은 달랐으니까.

천검은 세상에 자르지 못할 것이 없고, 천경은 마음을 비춰 보여 요괴의 힘을 억제한다.

그리고 천령은 사용자의 의지에 따라 세상을 변화시키지.

귀신인 세희의 입장에서는 천령보다 천경이 자신의 존재 자체를 위협할 수 있기에 위험하다 생각한 것 같지만, 내 입장에서는 천령이 불러일으킬 수 있는 상황이 더욱 무섭다.

세현 같은 놈이 천령을 쓸 수 있게 된다면, 그 순간 '부히힛.' 하고 웃으며 무시무시한 짓을 벌일 것 같으니까.

"……꿀꺽."

아니, 전 아닙니다! 저는 그럴 생각 없어요!

그저, 언령이 천령과 상당히 상성이 좋을 것 같다는 생각을 했을 뿐이다.

마음의 힘을 통해 상대를 제압하고 통제하는 주술인 언령.

사용자의 뜻대로 세상을 개변하는 천령.

만약, 내가 천령을 손에 쥐고 언령을 쓰게 된다면 이 세상은 어떻게 될까.

그에 대한 두려움에 천령을 손에 잡는 것조차 잠시 꺼려졌지만…….

세희가 말했지.

천부인을 온전히 쓸 수 있는 사람은 세상에 없다고.

두려움에 빠져 무작정 멀리해서는 안 된다고.

그렇기에 나는 조심스럽게 손을 뻗어 천령을 손에 쥐고 들어올렸다. 동시에 짤랑, 하고 신령한 소리가 울려 퍼지며 언령을 쓰며 빠져나갔던 무언가가 채워지고 몸과 마음이 편해지는 것을 느낄 수 있었다.

오, 신기하네.

정작 마음이 편해지고 기운이 나니 천령을 손에 들고 무당처럼 춤을 추면 어떨까 싶었지만.

"천지신령이시여~ 요괴의 왕인 강성훈이 비나이다~. 부디 힘든 일 좀 없게 해 주십시오~."

그래서 한번 해 봤다.

아무도 없는 방에서 방울 소리를 벗 삼아 덩실덩실 춤을 추며 기원을 올리자!

……사람이 바보가 되는 효과가 있었습니다.

처음과 같이 정신적으로 충족감이 들고 편안해지는 느낌은 없었고.

그저 듣기 좋은 소리라는 생각만 들 뿐.

그래서 나는 자리에 앉아 천령을 잡은 손에 힘을 주고 밤하늘의 부탁에 따라 보기로 했다.

지금부터 딱 한 가지만 생각하자.

평범한 인간도 요괴와 아이를 가질 수 있는 세상이 되었으면 좋겠다는 바람.

그것만을.

서로 사랑하는 연인이 아이를 가지지 못해 고통받는 세상은 너무 슬프니까.

부디 사랑하는 연인들이 아무 문제없이 아이를 가질 수 있는 세상이 되기를.

그렇게 진지하게 한 가지만을 염원하며 기도했을 때!

내 귓가에 환청 같은 목소리가 들려왔다.

그건 내가 지금까지 들어 봤던 목소리 중에서 랑이와 버금갈 정도로 아름답고 황홀했으며 신비함이 가득했다.

그리고 그 목소리는 너무나 똑 부러진 어조로, 내게 이렇게 말했다.

－사용자의 의지가 부족하여 사용할 수 없습니다.－

"인공 지능 탑재였냐?!"
참을 수 없었던 딴죽에 모든 집중이 흩어지고, 그 탓인지 그 목소리가 들려오는 일도 없었다.
그렇다고 내가 다시 정신을 집중할 수 있을 만한 상황도 아니고!
"야! 야! 대답해! 야, 천령!"
그래서 난 천령을 몇 번이나 흔들며 외쳐 보았지만 돌아오는 건 방울 소리뿐.
덕분에 냉정을 되찾아 버렸습니다.
……내가 지금 뭘 하고 있는 거지. 모르는 사람이 봤다면 미친놈 취급해도 이상하지 않겠네.
하지만 나는 확실히 천령의 목소리를 들었다.
만에 하나라도 세희가 장난을 친 건 아닐 거다. 아무리 그 녀석이 짓궂은 성격이라도 이런 식의 장난은 안 치니까.
"세상에……."
그렇다는 건 이 천령에도 일종의 의지가 있다고 생각해야 하는 건가? 성린이처럼? 혹은 도깨비처럼?
그렇다면 과연 이걸 금고 안에 두는 게 윤리적으로 맞는 걸까?

"야, 설마 너, 인격이 있었냐? 있으면 대답해. 말 안 하면 다시 금고 안에 집어넣는다?"

혹시나 하고 물어봤지만 천령은 아무런 대답도 없었고, 나는 결정해야만 했다.

"그래, 그러면 다시 넣는다? 그래도 불만 없지?"

혹시나 모를 가능성 때문에 우리 집 아이들이 다칠지도 모르는 위험을 감수할 수는 없으니까.

나는 천령을 금고 안에 넣고 잠근 다음, 불을 끄고서 이불 속으로 들어갔다.

어휴, 내가 뭘 한 건지 모르겠네. 잠이나 자자.

마지막에 신기한 일이 벌어져서 당황했지만, 오늘 하루는 너무나 길었기에 내 몸은 당연하다는 듯이 평소보다 이른 취침을 기꺼이 받아들였다.

* * *

아침.

어제 그 난리를 쳤음에도 불구하고 일어났을 때의 몸은 평소보다 기운차기 그지없었다.

여러 가지 의미로.

"……."

나는 애꿎은 배만 긁적이며 자리에서 일어났다. 일찍 자서 그런지 평소보다 두 시간은 일찍 깬 것 같다. 창밖으로 보이는 하늘도 아직 어둡고 말이지.

그것보다 오늘은 자는 동안에 랑이가 오지 않았구나. 그래서 평소보다 편하고 깊게 잔 걸지도 모르겠네.

내가 랑이를 좋아하지만 그건 그거고 이건 이거다. 왜, 떨어져서 못 사는 신혼부부도 잠은 따로 자는 경우가 있다고 하잖아?

……이런 헛소리를 계속하고 있는 건 이불 밖으로 나가기 싫어서입니다.

하지만 나를 이불 밖으로 끄집어내 줄 나래가 그 망할 자식에게 잡혀 있는 상황에서 나 좋으라고 이 온기를 몇 분 더 즐길 수는 없지.

그 자식을 떠올리며 이를 악문 나는, 살짝 서늘한 공기에 몸을 부르르 떨고서 패딩을 위에 걸치고 밖으로 나왔다. 아직 아이들이 잠들어 있을 안방을 통하지 않고 마당을 가로질러 바로 부엌으로 가던 중에 사랑방 중 한 곳에 불이 켜져 있는 게 보였다.

손님용 사랑방인데, 아마도 소희의 방을 저기로 준 것 같다.

내가 조금 더 신경 써 줘야 했을 텐데, 미안하네. 그런 생각이 든 나는 아침 인사라도 할까 싶어 발걸음을 돌렸다.

"하우우움~."

마당에 있는 개집에서 잘 자고 있던 바둑이가 인기척에 한쪽 눈을 뜨고서는 나인 걸 확인하고 늘어지게 하품을 하고는 손을 흔들었다. 나도 거기에 화답하듯 손을 흔들어 주자 바둑이는 다시 눈을 감고 꿈나라로 여행을 떠났다.

그래, 아무리 산책이나 같이 노는 걸 좋아하는 바둑이라고 해도 지금은 너무 이른 시간이라는 거지.

그런 시간부터 소희는 뭘 하고 있는 걸까?

"소희야~ 일어났어?"

나는 문 밖에서 조심스럽게 소희를 불러 보았다.

하나, 둘, 셋.

반응이 없다. 슬슬 방 안에서 가지고 온 온기가 바닥을 드러내고 새벽 공기의 차가움이 패딩 안으로 침범할 때까지 아무런 대답이 없었다.

"소희야?"

이번에도 조용했다.

……흐음.

내 이성이 이럴 때는 그냥 아무 일도 없었다는 듯 뒤로 돌아 화장실에 갔다가 욕실에서 가볍게 씻고 하루 일과를 준비해야 한다고 말한다.

겸사겸사 세희에게 간식거리라도 하나 받아서 질겅질겅 씹으며 입맛을 돋우는 것도 좋은 방법이라고.

하지만 방에 불이 켜져 있는데 대답이 없다는 점이 마음에 걸린다.

나 하나만 보고 연고도 없는 다른 세상에 홀로 온 아이…… 라고 하면 화내겠지.

홀로 온 소희가 신경 쓰이는 건 어쩔 수 없는 일.

"문 연다?"

그래서 나는 일단 다시 한번 말하고 조심스럽게, 못 본 척해야 하는 상황이 방 안에서 벌어지고 있다 하더라도 들키지 않고 다시 닫을 수 있도록 조심스럽게 문을 옆으로 밀었다.

이것이 바로 부모님과 같이 사는 청소년은 어쩔 수 없이 익히게 된다는 기척은닉술이다!

……이게 뭔 짓인가 하면서도 나는 살짝 열린 문틈으로 안을 바라보았다.

"……."

그리고 난 말없이 문을 몸이 지나갈 정도로만 열고 빠르게 안으로 들어간 뒤 바로 닫았다.

최대한 소리가 나지 않게 조심하면서.

원래 사랑방은 의자와 책상, 장롱과 이불, 그리고 옷걸이 정도만 있는…… 이렇게 말하면 참 슬프지만, 내 방만큼 심플한 편이다. 그건 소희라는 방주인이 찾아온 뒤에도 거의 변함없었다. 방 한구석에 퀸 사이즈의 침대 하나가 자리를 차지하고 있는 것만 빼면.

아마 세희가 신경 써 준 거겠지.

……집에 오자마자 한옥을 산장처럼 개조해 버린 에레나 양, 이 올바른 손님의 자세를 보고 계십니까? 저는 보고 싶습니다. 토목 공사 언제쯤 끝나는 겁니까?

나는 문득 떠오른 그리움을 아무리 먼저 연락 같은 걸 안하는 나라도 전화 한번 해 봐야겠다는 생각으로 바꾸고, 내

앞의 현실로 눈을 돌렸다.

내가 허락도 받지 않고 소희의 방에 들어온 건, 별 이유가 있어서 그런 건 아니다.

살짝 연 틈 사이로 소희가 책상에 엎드려서 잠들어 있는 모습을 봤거든.

베개 삼고 있는 팔 아래뿐만 아니라 책상과 바닥에도 책이 쌓여 있는 걸 보니, 아무래도 이쪽 세상에 대해 공부하다가 그대로 잠들어 버린 것 같다.

트레이닝복을 입은 채로.

아이고, 그렇게 자면 허리 아픈데. 아무리 방이 따듯해도 잘못하면 감기 걸릴 수도 있고.

침대에서 자라고 깨울까? 아니면 침대에 눕혀 줘?

……우리 집 아이들이라면 이미 그렇게 했겠지만, 안타깝게도 소희는 그러면 안 될 것 같다. 왠지 내가 깨우면 자기도 모르게 깜빡 졸았다면서 충혈된 눈을 부릅뜨고 다시 책을 읽을 것 같거든.

자기가 한 말을 지키려고 3년 만에 차원을 뛰어넘는 요술을 개발한 녀석이잖아.

그렇다고 침대에 눕혀 주기에는 나이 차이가 얼마 안 나서 여러 의미로 힘들 것 같고, 그 전에 건드리는 순간 깰 것 같다.

그런 이유로 어찌할까 고민하던 나는 문득 떠오른 위대한 성군의 일화를 따라 행동하기로 했다.

적어도 춥지는 않도록 조심스럽게 패딩을 벗어 소희의 어깨에 걸쳐 주기로.

"으음......"

그 와중에 소희가 잠결에 소리를 냈을 때는 괜한 짓을 했나 싶었지만 그것도 잠시.

소희가 내 패딩을 끌어안고 몸을 웅크렸을 때는 속으로 안도의 한숨을 쉴 수 있었다.

정말, 먼 곳까지 와서 나 때문에 고생이 많구나.

나는 너만을 위해 해 준 것도 없는데 말이야.

그런 씁쓸한 생각을 하며, 나는 소리가 나지 않도록 조심스럽게 밖으로 나올 수 있었다.

······춥다.

＊　＊　＊

"아우우우? 벌써 일어나신 건가요?"

화장실에서 볼일을 본 뒤 깨끗이 손을 씻고 부엌으로 들어간 나를 맞이해 준 건 앞치마를 하고서 아침 준비를 하고 있던 치이였다.

흐음~ 냄새로 봐서 오늘 아침은 고기가 듬뿍 들어간 된장찌개구나.

맛있겠네.

"일찍 잔 새가 먼저 일어난다고 하잖아?"

"일찍 일어난 새가 벌레를 잡는다고 하는 거예요."

"일찍 일어난 까치는 오빠한테 잡히고 말이지."

나는 요리를 하는 데 방해되지 않도록 조심스럽게 치이를 뒤에서 끌어안았다.

아니, 끌어안으려 했다.

"꺄우우우! 아침부터 무슨 짓을 하려는 건가요?!"

재빠르게 몸을 숙여 내 포옹을 피하면서, 솜씨도 좋게 내 정강이를 툭 쳤거든.

"아얏."

아프지는 않지만, 아프다고 해 주는 게 예의 아니겠습니까?

"엄살인 거예요."

"엄마, 살살해 줘?"

"……."

치이가 한심하다는 듯이 눈을 일자로 뜨며 나를 올려다보았다. 나는 어깨를 으쓱하며 받아쳤고.

결국 먼저 백기를 든 치이가 말했다.

"오늘따라 왜 그렇게 능글맞게 구는 건가요, 오라버니?"

"왜긴 왜겠어?"

요 근래에 치이와 둘이서 재미있게 놀 수 있던 시간이 적어서 그렇지. 혹은, 오늘 있을 일 때문에 나도 모르게 긴장을 했거나.

저는 전자라고 생각합니다.

"그런 건가요."

내가 그렇게 말하자 치이는 퉁명스럽게 대답하고는 두부를 손에 들고서 네모나게 자르며 말했다.

"반쯤은 오라버니의 자업자득인 거예요."

"……나도 그렇게 생각하지만, 결과만 생각하자고."

지금은 칼을 다루고 있어서 장난을 칠 수 없다는 게 한이다.

그래서 나는 슬쩍 내게 불리한 화제를 피했다.

"근데 혼자서 아침 준비하는 거야? 세희는?"

솜씨도 좋게 반듯하게 자른 두부를 초거대 뚝배기에 넣고 뚜껑을 닫은 뒤, 치이가 나를 돌아보며 말했다.

"세희 언니가 저한테 아침 준비를 부탁하면서 오라버니한테 남긴 말이 있는 거예요."

"……응?"

"오라버니께서 부엌에 와서 자기를 찾으면."

살짝 얼굴을 붉히며 목을 가다듬은 치이가 말을 이었다.

"주, 주인님 덕분에 요 며칠 동안 학교 건설 현장 감독에 요괴들 감시하고 보안 강화에 요인 경호까지 하느라 과로사할 것 같은 저와의 대면을 청하는 분이 있기에 아침 일찍부터 다녀올 곳이 있다고 전해 드리라고 하셨던 거예요."

나는 머쓱해져서 가렵지도 않은 볼을 긁으며 말했다.

"그, 그러냐."

"그런 거예요."

"……그래."

할 말이 없어진 나는 한숨을 쉬었고, 치이는 두 손을 허리에 대고 당당하게 나를 올려다보며 말했다.

"뭘 그렇게 침울해하시는 건가요? 어깨를 펴시는 거예요."

"아니, 지금 네가 할 말은 아니지 않을까?"

"그래도 오라버니는 로리콘 바보처럼 구는 게 어울리는 거예요."

그놈의 로리콘 소리는 입에서 떨어지지 않는구나.

너무 많이 들어서 이제는 내 또 다른 정체성처럼 여겨진단 말이지.

"나는 로리의 왕! 그 어떤 어린 소녀도 내 눈을 피할 수 없다!"

그래서 한번 말해 봤다.

"……."

세희와 세현이 이런 말을 가르쳐 줬다.

이쪽 업계에서는 포상입니다.

나는 치이의 싸늘한 시선을 받으며 그게 어떤 의미인지 완벽하게 깨달았다.

"왜, 어울린다며?"

"하우우우……."

깊은 한숨을 내쉰 치이는 국자로 욕실과 이어진 문을 가리키며 말했다.

"중요한 날에 이상한 곳에서 힘 빼지 마시고 씻으러 가시는 거예요."

"그, 그래."

내가 만약 일기를 썼다면 오늘은 이렇게 시작했을 거야.

오늘따라 치이가 차갑게 군다. 오빠는 슬프다.

그렇게 축 늘어진 몸으로 흐느적흐느적 걸어가 욕실 문고리를 잡았을 때.

"오라버니."

"응?"

나를 부르는 소리에 고개를 돌렸을 때.

쏴아아아.

치이는 고개를 숙인 채 쌀을 씻으며 말을 이었다.

"오늘, 파이팅인 거예요."

"으, 응."

나는 갑작스러운 응원에 당황하면서도 기쁜 마음으로 욕실로 들어갈 수 있었다.

고개를 숙인 치이의 귀 윗 머리카락이 격렬하게 파닥이는 걸 봤으니까 말이지.

그건 그렇고.

간단하게 씻고서 내 방으로 돌아와 **이런저런 생각을 정리하며 계획을 세우고 나니 벌써 한 시간이 훌쩍 지나간 후였다.**

생각에 집중하다 보니 시간 가는 줄 몰랐네.

이 정도면 아이들도 다 일어났겠지.

나는 뻐근한 몸을 풀고 안방으로 향했다.

"……."

"……."

그런데 문을 열고 들어가 보니까 집안 분위기가 뭔가 이상했다.

토성훈격문을 읽을 때도 이러지 않았는데 말이야.

왜 다들 이렇게 조용해?

특히, 평소라면 내가 문을 열자마자 달려와서 뽀뽀를 해 달라거나 머리를 쓰다듬어 달라거나 포옹해 달라고 하는 게 당연한 일과인 랑이도 냥이 옆에 조용히 앉아 있을 정도였다. 물론 그 꼬리가 살랑 흔들리는 건 어쩔 수 없었지만.

랑이뿐만 아니라, 나를 보면 키히힝, 애교 넘치는 웃음을 흘리며 다가와 장난을 쳤을 아야도.

요괴넷에서 접한 이상한 것들을 들먹이며 농담을 쓰는 폐이도.

내가 방 안에 들어왔는데도 한마디도 안 하고 그저 가만히 앉아 있을 뿐이었다.

평소와 다를 게 없는 건, 소파에 앉아서 뜨개질을 하고 있는 성의 누나와 그 모습을 재미있다는 듯이 바라보고 있는 성린, 그리고 랑이가 옆에 있다는 사실에 이 세상 모든 행복을 누리고 있는 것처럼 보이는 냥이 정도일까.

"잘 잤어?"

그래서 내 쪽에서 먼저 아침 인사를 해 봤다.

"성훈이도 잘 잤느냐."

"푹 잤어, 이…… 크응, 아무것도 아니야."

[꿀잠이었음.]

"그래요, 성훈도 잘 잤나요?"

"아빠가 제일 잘 잤어."

다들 인사를 받아 주기는 하지만 거기서 끝이었다.

흐음~ 뭔가 이상한데.

나는 턱을 만지작거리며 일단 성의 누나의 옆에 앉아 성린을 품에 안고서 머리를 쓰다듬으며 생각을 정리해 봤다.

지금 집안 분위기를 봐서는, 어제 내가 자러 갔을 때 무슨 일이 있었던 것 같단 말이지. 그게 아니라면 내가 방에서 이런저런 생각을 정리하고 있을 때거나.

도대체 무슨 일이 있었던 걸까?

응? 그게 대체 뭘까~ 요? 우리 똑똑하고 착한 성린이라면 다 알고 있을 것 같은데.

"합."

동시에 성린은 앙증맞은 두 손으로 입을 가리고서는 고개를 흔들었다. 그 모습이 어찌나 귀여웠는지 성의 누나도 뜨개질을 하던 손을 잠시 멈추고 성린을 잠깐 바라보며 따뜻한 미소를 지을 정도였다.

……나는 성린이 대답을 안 해 줘서 조금 슬펐지만.

그럼, 뭐. 직접 생각해 볼 수밖에. 답을 찾는 게 그리 힘들 것 같지도 않고.

어제와 오늘, 하룻밤 사이에 아이들의 태도가 무슨 약속이라도 한 것처럼 변했다. 치이도 내 장난을 빙자한 애정 표현을 받아 주지 않았고. 그러면 어제와 오늘의 다른 점은 무엇

일까? 혹은, 오늘 아이들이 평소와 달리 행동할 만한 이유가
있는가.

봐, 쉽잖아?

"뭐야, 오늘 일 때문에 그런 거였어?"

나는 피식 웃고는 성린의 두 손을 잡아 아래로 내리며 말을
이었다.

"괜히 신경 써 줄 필요 없어. 그냥 평소처럼 지내."

이 녀석들, 오늘 내가 에이 녀석과 한바탕하는 것에만 집중
할 수 있도록 주의하자고 자기들끼리 약속한 게 분명하다.

……다른 말로 하면, 내가 자기들하고 놀다 보면 다른 일들
을 조금은 도외시하게 된다는 걸 알고 있다는 거지.

몇 번이나 다시 말하는 것 같지만, 그건 어쩔 수 없는 거다!
불가항력이라고! 아니, 오히려 눈에 넣어도 아프지 않을 아이
들과 같이 있는데 생각만 해도 골치 아픈 일들을 잊지 않는
것만으로도 나는 칭찬받을 자격이 있다!

눈을 돌리면 거기에 천국이 있다고!

그렇게 마음속으로 누구에게 하는지 모를 변명을 하고 있
는 동안에도, 아이들은 평소와 같은 반응을 보이지 않았다.

그저 랑이는 고개를 돌리고 휘파람을 불려다가 아야의 매
서운 눈빛에 입을 앙다물었고, 페이는 태블릿 PC만 바라볼
뿐이었다.

오호라, 이것들 봐라?

물론 나를 생각해 주는 아이들의 마음은 정말 고맙고 기쁘다.

하지만 나는 그보다 너희들과 같이 웃고 와자지껄 떠들며 놀고 싶거든. 그런 일상을 지키기 위해서 그 어떤 힘든 일도 버틸 수 있었던 거고.

……무엇보다 못 버틸 정도로 힘든 일이 없었다는 게 중요합니다만, 어쨌든!

"아무리 그래도 무시하는 건 좀 아니지 않을까?"

이 말에는 가만히 넘어갈 수 없었는지, 귀를 쫑긋 세운 랑이가 급하게 말했다.

"누, 누가 우리 성훈이를 무시한다는 것이느냐? 응? 그렇지 않느냐, 아야?"

"크웅, 그래, 이 자의식 과잉아. 충분히 평소처럼 있으니까 괜히 생트집 잡지 마. 안 그래, 페인아?"

[그럼 돌고래 성기 짤이라도 보실?]

……일단 저 녀석이 더 이상 이상해지기 전에 요괴넷 관리자를 그만두게 해야겠다는 것만은 알겠다.

"그래?"

나는 랑이와 아야의 뜨거운 시선에 돌이 되어 버린 페이의 태블릿 PC를 빼앗아 전원을 끄고 소파에 내려놓은 뒤.

슬쩍 랑이…… 에게 가려다가 자신의 천국에 초대받지 않은 손님이 찾아오려고 하자 사찰 입구에 있는 사천왕처럼 두 눈을 부릅뜨고 담뱃대를 손에 쥔 냥이를 피해 아야의 뒤에 앉았다.

"크, 크웅? 왜, 왜 이쪽에 오는데?"

도중에 목표를 바꾼 덕분에 피하지 못한 아야가 불안에 가득 찬 콧소리를 내거나 말거나, 나는 조심스럽게 두 다리로 아야의 다리를 옭아매고 가슴 위쪽을 한 손으로 두르고서.

"뭐, 뭐 하려는 거야, 이 덜덜아?"

"아니, 뭐."

미지에 대한 공포로 꼬리와 털을 바짝 세운 아야의 옆구리를 있는 힘껏 간지럽혔다!

"캬하하항?!"

아야가 웃음을 터트리며 몸을 꼬고 도망치려고 했지만, 하핫! 내가 그렇게 쉽게 놓아줄 것 같냐!

"그, 그만해, 이 멍청아!"

"쿠억!"

하지만 정확히 내 배를 가격하는 아야의 팔꿈치에는 이길 수 없었다.

"아."

아무리 서로를 믿고 있다 한들, 그건 요력을 썼을 때의 이야기다. 오직 순수한 물리력만이 가득한 아야의 일격에 나는 방바닥에서 몸을 꿈틀거릴 수밖에 없었다.

"무, 무슨 짓이느냐, 아야야? 그러다가 성훈이가 다치면 어쩌려고 말이니라?!"

"나, 나도 일부러 한 거 아니야!"

깜짝 놀란 랑이가 도도도 달려와서 나를 반듯이 눕히고 상의를 위로 올리고서 배를 핥아 주니 고통이 가라앉아 살 것 같았다.

아니, 그런데 너무 열심히 핥는 거 아니야?

나는 손을 내려 랑이의 머리를 쓰다듬으며 말했다.

"이제 괜찮아."

"아직 더 핥아야 하느니라. 잘못해서 속이라도 상했으면 어쩌려고 그러느냐?"

그 정도로 세게 맞지는 않았어.

……명치에 맞았다면 조금 위험했을지도 모르겠지만.

오늘의 교훈. 진심으로 남을 간지럼 태우면 안 됩니다. 무슨 일을 당할지 몰라요.

나는 다음부터는 손에 사정을 둬야겠다고 생각하며 혀를 내밀고서는 여전히 내게 떨어지지 않으려고 하는 랑이에게 말했다.

"진짜 다 나았다니까?"

"……정말이느냐?"

나는 내 배를 핥다가 고개만 들어 묻는 랑이에게 대답했다.

"응, 불안하면 세희…… 는 여기 없고. 냥이한테라도 물어봐."

냥이는 자신을 바라보는 랑이에게 보란 듯이 절레절레 고개를 흔들고서 말했다.

"갓 잡은 생선처럼 팔팔해진 녀석을 무얼 그리 걱정하느냐, 흰둥아. 그럴 시간에 내 옆에나 있어 주어라."

염불보다 잿밥에 관심이 많은 녀석 같으니라고.

"아, 그러하겠느니라."

놀라운 건 그 말에 랑이가 침으로 홍건한 내 배를 몇 번이나 손으로 문지르고서는 냥이의 옆으로 갔다는 거다.

흐음? 신기하네. 평소라면 냥이가 한번 더 뭐라고 할 때까지 내 옆에 있어 줬을 텐데. 아이들끼리 한 약속 때문일까? 아니면 어제 냥이가 무리를 한 것 때문인가?

그 이유는 알 수 없었지만, 나는 신경 쓰지 않기로 했다. 지금 중요한 건 아까부터 침울해진 채 자기가 한 일 때문에 뭐라 말 한마디 못 하고 걱정이 가득한 눈으로 나를 바라보기만 하고 있는 아야니까.

그래서 나는 아야의 축 늘어진 꼬리를 만지작거리며 말했다.

"내가 먼저 장난친 거고, 지금은 괜찮으니까 신경 쓰지 마."

"크응, 미안해, 아빠."

"괜찮다니까?"

나는 보란 듯이 허릿심만을 이용해서 몸을 일으켰다. 랑이의 침 때문에 배가 살짝 축축하긴 하지만, 좀 있으면 마르겠지.

"그 대신, 오늘 있을 일은 괜히 신경 쓰지 말고 평소처럼……."

[그럼 고릴라 성기 짤방이라도 보실?]

"넌 일단 거기서 좀 벗어나!"

나는 어느새 다시 페이의 손에 들어간 태블릿 PC를 빼앗아 전원을 끄고 소파 위에 놓았다. 그러자 페이는 사악한 의지에 조종당했다가 제정신을 차린 사람처럼 과장되게 자신의 머리를 두 손으로 누르며 글을 썼다.

[핫! 나는 도대체 무슨 짓을!]

그리고 난 자리에서 일어나 페이에게 다가간 뒤 페이의 두 손을 잡고서는 안쪽으로 힘을 줬다.

"무슨 짓이긴! 맞을 짓이지!"

[아팟?!]

"내 얼마 남지 않은 동심을 파괴한 대가로는 싼 거라고 생각해라!"

[성훈이 혼자 어른의 계단에 올라가 버렸음!]

"천국의 계단에 오르고 싶다고?"

[농담! 농담임!]

내가 조금씩 힘을 더하자 위기의식을 느꼈는지 페이의 양 갈래 머리카락이 프로펠러처럼 맹렬히 돌아갔을 때.

[아파파파파팟!!]

혹시나 몰라 말해 두지만, 그렇게 세게 누르지는 않았다. 그랬으면 페이도 글이 아닌 목소리로 비명을 질렀겠지.

아예 안 아플 정도는 아니지만.

그렇게 페이가 두 팔을 파닥거리며 엄살을 부리고 있을 때.

그리 작지 않은 발걸음 소리가 밖에서 들린 뒤, 마루와 이어진 문이 열렸다.

자연스럽게 내 신경은 그쪽으로 향해 손에 힘이 빠졌고, 페이는 기회를 놓치지 않고 내 손아귀에서 벗어나 부엌으로 도망쳤다.

[나는 다시 돌아올 거임!]

그래, 돌아오겠지. 밥, 아니, 빵 먹어야 하니까.

나는 페이를 향해 손을 흔들어 준 뒤, 안방에 들어온 예상 외의 인물에게 아침 인사를 건넸다.

"벌써 일어났어?"

새벽까지 책을 읽었던 것 같으니까 대충 9시나 10시쯤에 일 어날 줄 알았거든.

"조, 좋은 아침이에요."

나를 보고는 얼굴을 살짝 붉히며 인사한 소희는 드레스 차 림에 내가 덮어 준 패딩을 걸치고 있었다.

방 안에 들어왔으니까, 애초에 평범한 드레스가 아닌데 패 딩이 필요한가에 대한 의문을 가지면 내가 한 일 자체가 의미 없어지니까 넘어가고.

어쨌든 패딩은 옷걸이에 걸어도 될 텐데, 소희는 소중한 보 물이라도 되는 것처럼 목 부분을 손으로 꼬옥 잡고서 말을 이 었다.

"그런데 성훈 씨는 제 방에 언제 다녀가셨던 거죠?"

그게 신경 쓰였던 거구나.

"어, 네가 책상에 엎드려서 자고 있을 때?"

"그, 그걸 물어본 게 아니에요!"

살짝 목소리를 높였던 소희는 아이들의 시선이 집중되자 이 제는 누가 봐도 알 수 있을 정도로 빨개진 얼굴이 되어 말했다.

"그리고 정정…… 실례했어요. 그건 성훈 씨가 잘못 알고 계 신 거예요. 저는 잔 게 아니라, 살짝 졸았던 거니까요."

그렇다. 나도 수업 시간에 자다가 선생님한테 걸렸을 때 소희하고 똑같이 말했는데.

"그래, 그래. 알았어. 그보다 괜찮아? 잠도 제대로 못 잔 것 같은데. 밥은 나중에 따로 차려 줄 테니까 지금은 좀 자 두는 게 좋지 않겠어?"

아니, 아니지. 배고파서 깰 수 있으니까 간단하게라도 뭘 먹고 자는 게 나을 지도 모른다.

태평하게 그런 생각을 하고 있는 내게 소희가 대답했다.

"걱정해 주시는 건 감사하지만, 괜찮아요. 전 잠을 안 자도 사흘 정도는 버틸 수 있으니까요."

"그, 그것참 대단하네."

도대체 무슨 일로 사흘 동안 잠을 안 잤는지.

우리 집에서 그럴 필요가 있는지.

하고 싶은 말은 산더미처럼 많았지만 나는 그것들을 속으로 삼켰다.

"그렇죠?"

이쪽에 비해 험난한 저쪽에서 사흘 동안 잠을 잘 수 없었던 일을 묻는 건, 내 대답에 기쁘게 미소 지은 소희의 안 좋은 기억을 되살리는 일이 될지도 모르니까.

"그래도 소희야."

랑이는 뭔가 물어보고 싶은 게 있는 눈치였지만.

"잠을 많이 못 잤으면 좀 더 코오~ 하고 오는 게 좋지 않겠느냐? 성훈이가 그랬는데, 잠을 잘 자야 키가 큰다고 하였느니라."

키만 클까.

인터넷에서 본 흥미로운 글에 따르면 성장기 때의 충분한 수면은 키뿐만 아니라 다른 곳의 성장에도 영향을 준다는 연구 결과가 나왔다고 한다.

하지만 우리 집의……

아니다. 생각하지 말자. 랑이가 또 가슴이 꾸욱 하고 아파 온다고 하면 안 되니까.

그런 얼빠진 생각을 하고 있을 때 소희가 랑이에게 말했다.

"괜찮아요, 랑이 님. 전 성장에 문제가 생길 정도로는 무리하지 않으니까요. **절대로!**"

얼핏 들었으면 소희가 언령이라도 쓴 게 아닐까 싶을 정도로 힘 있는 말이었다.

신경 쓰고 있구나, 소희야.

그래, 네 운명은 정해져 있지 않으니까! 분명 네 미래는 누군가와는 다를 거야! 나는 너를 응원한…… 히이이익?!

나는 갑자기 오싹해진 등골에 주위를 둘러보았다. 하지만 내가 찾은 녀석은 보이지 않았고, 그 대신 부엌문을 열고 들어오는 치이를 볼 수 있었다.

"상 좀 옮기게 한 분만 도와주시는 거예요."

치이의 부탁에 소희가 바로 자리에 일어나며 말했다.

"그러면 제가……."

"아니, 아야가 도와주는 게 좋겠네."

나는 그런 소희를 말리고 살짝 눈빛으로 아야에게 부탁했다.

"크응, 어쩔 수 없네. 그래도 이거로 쌤쌤이야?"

"애초에 빚진 것도 없는데 뭐가 쌤쌤이냐."

"키히힝~."

기분이 풀린 듯 아야는 바둑이처럼 꼬리를 흔들며 부엌으로 들어갔고, 소희는 그 반대였다.

"배려 안 해 주셔도 괜찮아요, 성훈 씨."

나는 한 가지 일로 열 가지를 짐작할 수 있는 소희가 괜한 생각을 하지 않도록 아야에게 부탁한 이유를 솔직하게 말했다.

"그림상 드레스를 입은 아가씨가 할 만한 일은 아니잖아?"

"……."

"트레이닝복도 좋았는데, 드레스로 갈아입은…… 아니, 바꾼 이유라도 있었어?"

"예."

고개를 끄덕인 소희는 조금 곤란하다는 듯 말했다.

"그 옷은 너무 편했거든요."

갑자기 중국 고사 중에서 복수를 하기 전까지 가시가 많은 장작 위에서 잤던 사람이 생각나네.

이름은 기억이 안 나지만! 무슨 사자성어인지도 까먹었지만!

"왜? 편하면 좋잖아?"

"아니요."

소희는 즉답했다.

"육체의 안온함을 쫓다가는 저도 모르게 게으름과 나태에 젖어 버릴 수 있으니까요. 아직 미숙한 저로서는 그런 작은 불안 요소들이 모여 되돌릴 수 없는 실수를 저지를 가능성이 크죠. 그러니 작은 것부터 조심하는 거예요."

……그때의 일이 아직도 마음의 상처로 남아 있는 걸까. 옆에서 바라본 소희의 표정은 그 나이 또래의 소녀로 보이지 않았고, 그것이 마음에 들지 않은 나는 입을 열었다가 다시 닫았다.

"그런 걱정은 하지 않아도 되느니라, 소희야."

냥이의 어깨를 주무르며 나와 소희의 대화를 듣고 있던 랑이가 대신해 줬으니까.

"우리에게는 성훈이가 있지 않느냐?"

……아니, 그냥 내가 말할 걸 그랬군.

"그럴지도 모르겠네요."

거기서 웃으면서 고개를 끄덕이지 말아 줘.

"그러면 트레이닝복보다는 조금 불편하지만 드레스보다는 조금 편한, 성훈 씨가 좋아하시는 옷을 알려 주셨으면 해요."

"아니, 이럴 때는……."

"전 이쪽 세상의 패션에 대해서 잘 모르니까요."

누군 아냐! 내가 세희가 준비해 주는 옷만 입고 다니는 게 뭐 때문이라고 생각하는 거야! 책 읽었으면 알잖아!

하지만 내가 소희보다 이쪽 세상의 의복 문화에 대해 잘 안다는 건 부정할 수 없는 사실이다. 거기다 소희는 내가 좋아하는 옷이라고 확실하게 말했다. 그런데 내가 네 마음대로 입으라고 대답한다? 그게 나는 너에게 아무런 관심도 없다는 말을 하는 거랑 뭐가 달라?

……정말 소희에게 아무런 관심이 없다면, 했을지도 모릅니다만 그럴 수 없다는 게 참 스스로를 되돌아보게 되는 일이지.

그래서 무슨 대답을 해야 할지 고민에 고민을 더하고 있을 때.

"식사하시는 거예요."

나는 상을 들고 온 치이가 구세주로 보였다.

"……칫."

아주 작은 소리로 혀를 찬 소희를 보며, 콩 심은 데 콩 나고 팥 심은 데 팥 난다는 속담이 떠오른 건 비밀로 하자.

아, 결국 이 속담 말했네.

* * *

치이가 차려 준 아침을 든든하게 먹은 뒤.

이것만은 자기가 하게 해 달라고 부탁한 소희가 깔끔하게 깎아 준 과일을 후식으로 즐기며 슬슬 그 녀석이 올 때가 되었다고 생각한 게 잘못이었을까.

"슬슬 업무를 보실 시간이십니다, 주인님."

귀신이 제 말 하니까 왔다.

그것도 무시무시한 소리를 하면서.

살짝 당황한 나는 세희를 올려다보면서 말했다.

"어? 오늘도?"

12시에 에이라는 요괴하고 한판 벌여야 하는데 일을 하는 건 좀 아니지 않을까? 겨우 4시간 뒤라고?

그런 속내가 가득 묻어 있는 내 말에.

"예."

세희는 즉답했다.

"주인님께서 말씀하시지 않으셨습니까? 별것 아닌 일이라고 말이죠."

그랬지요~! 그랬습니다요~!

그렇다고 싸우러 가기 전에 업무를 볼 정도는 아니지 않을까? 서류 읽는 거, 꽤나 정신적으로 피곤하다고.

내가 곤란한 표정을 짓고 있자 페이가 흐뭇한 미소를 지으며 다가와 어깨를 두드리며 글을 썼다.

[동지여, 일하지 않겠는가.]

웃는 얼굴에 침 못 뱉는다고 하지만, 내가 누구냐.

그 심성이 음흉하고 포악하며 간악하고 난폭한 동시에 악독한 요괴의 왕 강성훈이다.

"너, 이번 일이 마무리되면 어떻게든 요괴넷 관리를 그만두게 만들 생각이다."

[그, 그런 게 어디 있음?! 이제 막 익숙해져서 재밌어졌는데!]

"여기 있지."

나는 유치하게 혀까지 내밀며 절망한 페이를 힘껏 놀렸다.

그렇다고 농담은 아니었지만.

내가 자주 안아 주고 보살펴 줄 수 있을 때는 괜찮았지만, 며칠 바쁘니까 바로 부작용이 나오잖아.

검열되지 않은 자연의 민낯은 알고 싶지 않았어!

지금까지 요괴넷 관리를 페이에게 맡겼던 게 실수였다.

스스로의 안일함에 대해 반성을 하고 있었을 때.

"세희야, 세희야."

랑이가 세희를 불렀다.

"예, 안주인님."

"그래도 하루 정도는 쉬어도 되지 않겠느냐? 오늘 있는 일은 성훈이뿐만 아니라 우리에게도 정말 중요하니까 말이니라."

랑이가 포문을 열어 줬기 때문일까.

페이를 제외하면 잠자코 세희의 눈치를 살피고 있던 아이들이 이때다 하고 입을 열었다.

"그, 그런 거예⋯⋯."

"안 됩니다."

치이의 첫 포환이 발사되기도 전에 세희가 물을 끼얹었다. 문이 열려 있나 생각될 정도로 차가운 목소리로 말이지.

"옛말에 천장지제(千丈之堤)도 이누의지혈궤(以螻蟻之穴潰)라 하였으며, 백척지실(百尺之室)도 이돌극지연분(以突隙之烟焚)이라 하였습니다."

⋯⋯세희가 외국어를 한다!

야! 갑자기 그런 어려운 말을 하면 누가 이해한다는 거야?!

"천 길 높은 둑도 개미나 땅강아지의 조그마한 구멍으로 무너지고, 백 척 높이의 좋은 집도 아궁이의 작은 불씨 하나로

타 버린다는 뜻이야, 엄마."

"고마워요, 성린."

있었다!

어려운 말을 술술 풀어서 설명해 준 성린을 깜짝 놀라 바라보자, 우리 똑똑한 딸은 당당하게 이렇게 말했다.

"어려운 말 아니야."

그, 그러냐.

나는 잘 모르겠지만 성린한테는 오히려 저런 길고 어려운 옛말이 더 해석하기 쉬운가 보다.

"감사합니다, 성린 님."

여전히 세희의 의도는 해석이 필요했지만.

그러니까 이건 공든 탑도 무너질 수 있다, 라고 생각하면 되는 건가?

그러니까…….

"이런 일로 쉬기 시작하면 나중에는 무슨 일만 생기면 그걸 핑계 삼아서 쉬려고 할 거다, 이거냐?"

"그렇습니다, 주인님."

……아니, 야, 만약에 내가 정말 그러려고 한다 치자.

네가 날 놀게 놔둘 거냐?! 어?! 일하지 않는 자, 먹지도 말라고 하면서 채찍을 들고 내려치겠지!

"정말 그럴까요?"

소희도 나와 같은 생각을 했는지 평소보다 살짝 날카로운 목소리로 말했다.

"세희 님께서 쓰신 자서전을 통해 보면, 성훈 씨는 언제나 자신의 본분에 충실하셨어요. 그런 성훈 씨가 이번 일로 나태해지실 거라고는 상상할 수 없네요."

……나와 다른 이유로 반대 입장인 소희가 말을 이었다.

"오히려 저는 성훈 씨가 평소부터 너무 과중한 책임과 업무를 지고 있다고 생각해요. 무엇보다 가장 불만인 건……."

뭔가 말을 하려던 소희는 힐끗거리며 내 눈치를 본 뒤 고개를 젓고서는 말을 이었다.

"죄송해요. 이건 성훈 씨 앞에서 할 만한 이야기가 아닌 것 같네요."

분명 세희의 피에는 모든 걸 속 시원하게 말해 주지 않는 화술이 기록되어 있는 게 분명하다.

이걸 물어봐야 하나 말아야 하나 잠깐 고민하고 있을 때, 소희의 반론에 세희가 답했다.

"잘 생각하셨습니다, 소희 님. 주인님 앞에서 '당신은 시간 외 근무 수당도 받지 못하고 매일 야근을 하면서도 현재 상황을 마음에 들어 하는 회사원 같다.'라는 말씀을 하시면 다른 누구도 아닌 호구, 실례, 흑우 님께 한 소리 들으실 테니까 말이죠."

조금 다른 쪽으로 말이야.

하지만 세희의 말은 거기서 끝이 아니었다.

"하지만 소희 님의 생각과 달리 주인님께서는 당신의 노력에 대한 충분한 보답을 받고 계십니다. 조금이라도 시야를 넓혀 보시면 지금이라도 아실 수 있을 겁니다."

분명 소희에게 한 말이었지만, 나는 무심결에 방 안을 시작으로 먼 곳까지 둘러보게 되었다.

반짝이는 눈동자로 세희와 소희의 대화를 재미있다는 듯이 바라보고 있는 내가 사랑하는 랑이.

사랑하는 여동생이 자신에게 관심을 주지 않는 것이 불만스러워 입을 삐죽 내민 채 담뱃대만 물고 있는 냥이.

눈치도 빠르게 내 옆으로 다가와서는 슬쩍 어깨에 머리를 기대는 아야.

엄마의 다리를 베고 야트막한 언덕처럼 되어 버린 배를 들락거리며 누워 있는 성린.

그런 딸의 모습을 사랑스럽게 바라보며 나지막한 자장가를 불러 주는 성의 누나.

설거지를 하러 간 치이와 그런 치이에게 잡혀서 부엌으로 질질 끌려간 폐이.

밥도 먹었으니 잠깐 주변을 뛰고 오겠다고 말한 바둑이.

먼 곳에서 토목 공사에 열심인 에레나.

그리고 내 사랑 나래.

그래, 세희의 말대로 나는 내 노력에 대한 충분한 보답을 받았다. 아니, 그보다 더한 것을 받고 있지.

"저 또한 그렇게 생각해요, 세희 님."

소희도 그 사실을 부정할 생각은 없었는지 고개를 끄덕이며 말을 이었다.

"하지만 그건 논점에서 벗어난 이야기죠. 저는 성훈 씨에게 그 누구보다 과중한 책임과 의무를 강요하는 세희 님께서 그에 대한 권리를 보장해 주시지 않는 점이 문제라고 말씀드린 거니까요."

"왜 그렇게 생각하십니까?"

너는 왜 그렇게 생각하는데?

그렇게 딴죽을 걸고 싶었지만, 그보다 먼저 세희가 두 손을 공손히 앞으로 모으고서 나를 바라보며 입을 열었다.

"저는 이미 도련님을 **주인님**으로 부르는 것으로 **성훈 씨**께서 손만 대면 꺾을 수 있는 가련한 꽃 한 송이가 바로 옆에 피어 있다는 것을 제 입으로 수십, 수백 번도 넘게 알려 드렸습니다. 그런데 어째서 소희 님께서는 제가 주인님께 책임과 의무만 강요하지, 그에 대한 권리는 보장해 주지 않는다고 생각하신 겁니까?"

하고 싶은 말이 많았지만 할 수 없었다.

소희의 눈빛이 날카롭게 빛났으니까.

"성훈 씨를 대하는 세희 님의 태도는 언제나 주인이 아닌 하인을 대하는 것 같았으니까요."

"아, 그것 말입니까?"

세희가 갑자기 교태를 부리듯 몸을 배배 꼬고서는 소매로 입가를 살짝 가리며 말했다.

"어린 나이에 가족을 잃은 탓에 이런 성격으로 자라 버린 것을 제가 어떻게 하겠습니까?"

그 한마디에 집 안의 공기가 급격히 냉각됐다.

"……아."

말 그대로 굳어 버린 소희와 달리 나는 고개를 뒤로 젖히고 손으로 두 눈을 누르며 말했다.

"넌 꼭 말을 그렇게 해야겠냐……."

"이런 것을 바로 자학 개그라고 하는 것입니다, 주인님."

좋게 생각하면 그 일을 장난스럽게 언급할 수 있을 정도로 세희가 많이 나아졌다고 할 수 있겠지만.

"내가 보기에는 학살 개그처럼 들리는데."

그 농담으로 아이들까지 한 방에 보내 버렸으니까.

랑이는 세희와 소희를 번갈아 보며 안절부절못하다가 냥이에게 꼬리를 잡혀 다시 자리에 앉게 됐고.

내게 기대어 있던 아야는 슬금슬금 엉덩이를 움직여 뒤로 빠져서 성의 누나의 옆으로 자리를 옮겼다.

좋은 판단이다, 아야야.

성의 누나와 성린의 옆은 웬만한 상황에서는 평온한 분위기가 계속되니까.

하지만 소희는 그러지 못했다.

안 그래도 하얀 피부가 눈처럼 변한 채 석상처럼 굳어 버렸으니까.

"저, 저는…… 죄, 죄……."

세희에게 사과를 하고 싶어 하는 것 같은데, 입술이 바르르 떨려서 말도 제대로 안 나오는 것 같다.

머리가 좋은 소희니까, 세희의 학살 개그가 그저 가볍지만은 않다는 걸 깨달은 것 아닐까.

무엇보다.

소희는 세희고, 세희는 소희다.

그 안에 담긴 무게를 모를 리 없다.

그래서 나는 소희에게 손짓을 하며 말했다.

"소희야, 잠깐 이리 와 봐."

그제야 조금 정신을 차린 소희가 더듬거리며 말했다.

"아, 아, 알고 계시겠지만 저, 저는 그런 뜻으로 하, 한 말이
아니에요, 세희 님."

세희를 보면서.

바들바들 떨리는 입술을 움직이며.

꼼짝도 하지 못한 채.

그래서 나는 무거운 엉덩이를 들어 소희에게 다가간 뒤.

"……성훈 씨?"

소희의 시야에서 세희를 가리며 말했다.

"어때? 이러면 좀 진정이 되지?"

다르게 말하면, 소희를 정면에서 끌어안았다.

아이들과 같이 지내면서 알게 된 사실 중 하나인데, 사람
은 사람의 온기를 느낄 때 마음이 안정되는 경향이 있다는
거거든.

……소희에게 이래도 되는 걸까 싶기도 하지만, 그래도 동
생 같은 아이니까 괜찮지 않을까?

"가, 감사합니다."

다행히 소희도 그렇게 생각한 것 같다.

나는 조금 진정이 된 것처럼 보이는 소희의 머리를 쓰다듬으려다가…….

함부로 건드렸다가는 내 손재주로는 수습이 불가능한 헤어스타일이라는 것을 깨닫고 등을 토닥이며 말했다.

"괜찮으니까 너무 신경 쓰지 마. 분명 저 녀석, 네가 그렇게 충격받는 모습을 보고 싶어서 저런 못된 농담을 한 걸 테니까."

말은 그렇게 했지만.

동시에 나는 뭔가 이상하다는 생각이 들었다.

세희가 짓궂은 농담이나 장난을 좋아한다는 건 내가 누구보다도 잘 알고 있다. 직접 체험해 왔고, 앞으로도 할 것 같으니까.

하지만 세희는 아슬아슬한 줄타기를 선호하는 편이다. 그게 상당히 짜증 나고 화가 나지만 받아들이는 입장에 따라서 농담이나 장난으로 보일 수 있는 수준에서.

하지만 지금 한 자학 개그는 짓궂은 수준으로 끝나지 않았지. 그걸 모를 세희가 아니다.

그렇다면 냥이의 요술 안에 갇혀 있을 때처럼 뭔가 이유가 있는 걸까?

그렇게 생각하고 있는 내게 세희의 목소리가 들려왔다.

"그것뿐이겠습니까?"

역시, 이 녀석. 뭔가 꾸미는 게 있구나!

나는 소희를 보호하기 위해 한층 더 꼭 끌어안으며, "서, 성훈 씨?" 당황하는 소희를 잠시 놔두고 세희에게 말했다.

"야, 또 무슨 꿍꿍인데?"

열심히 눈에 힘을 주고 한 말에 세희는 한쪽 입꼬리를 슬쩍 올리며 말했다.

"지금 이 상황, 그 자체입니다."

"그게 무슨……."

무슨 말이냐고 물어보려고 할 때.

"서, 성훈 씨."

품 안에서 들려오는 자그맣고 수줍음 가득한 목소리에 나는 퍼뜩 정신을 차렸다.

"저, 저는 이제 괜찮, 괜찮으니까……."

고개를 돌려 아래를 보았을 때, 소희는 내 두 팔에 사로잡힌 채 얼굴을 붉게 물들이고 어찌할 바를 몰라 하고 있었다.

불과 어제만 해도 중학생의 욕구를 만천하에 당당히 드러냈던 녀석과 동일 인물이라고 볼 수 없을 정도로.

어쨌든 중요한 건, 내가 소희를 완전히 꽈아아악 끌어안고 있다는 것. 그리고 소희가 이 상황을 부끄러워하면서도 행복해하고 있다는 거다.

그때 깨달았다.

세희가 무엇을 노리고 평소보다 조금 많이 짓궂은 농담을 한 건지.

와, 세상에, 이건 꿈에도 생각 못 했다.

저 녀석, 겉으로는 티격태격하는 것처럼 보여도 은근히 소희를 잘 챙겨 주네?

그 방식은 그다지 마음에 들지 않았지만.

"미안."

그래서 나는 소희에게 사과하며 두 팔로 만세를 하고 뒤로 물러났다.

"아니요, 저는 괜찮았어요. 다만, 조금 놀라서……."

"무얼 사과하고 계시는 겁니까? 소희 님께서는 주인님이 당신의 뼈가 으스러지도록 껴안아 주는 것을 꿈에서도 바라고 있으셨을 텐데 말이죠."

넌 좀 가만히 있으면 안 되냐?

그렇게 말하고 싶었지만, 랑이가 응, 응 하고 고개를 끄덕이는 걸 본 덕분에 그냥 한번 눈빛을 흘기는 거로 만족하기로 했다.

"지금은 그보다 오늘 업무를 보실 시간이 점점 줄어들고 있다는 것에 집중해 주셨으면 합니다."

별 의미 없었지만.

"너는……."

아니, 아니지.

나는 고개를 흔들고 세희에게 말했다.

"그래, 가자, 가. 일한다, 일해. 와! 신난다! 일이다!"

아직 포옹의 충격에서 벗어나지 못한 소희는 내가 일하러 간다는 소리도 듣지 못했는지, 그저 기분 좋은 꿈이라도 꾸는 것처럼 몽환적인 표정만을 지으며 서 있을 뿐이었다.

"성훈아."

그 대신 랑이가 냥이의 마수에서 빠져나와 내게 쪼르르 다가와 허리를 숙여 달라고 손짓했다. 비밀 이야기라도 하고 싶은 걸까? 사실 큰 의미는 없을 것 같지만 나는 순순히 허리를 숙였고, 랑이가 내 귀에 손을 대고 말했다.

"내가 말렸는데도 세희가 네게 일을 해야 한다고 하는 걸 보면 분명 할 말이 있는 것 같으니라. 그러니 너무 세희의 버릇없음을 탓하지 말아 주었으면 하느니라."

"……"

랑이의 말을 듣고 가장 먼저 떠오른 대답은 '내가 뭐라고 해 봤자 세희는 별로 신경 안 쓸 것 같으니까 걱정 안 해도 된다.' 였다.

두 번째는 '그럴 생각 없으니까 괜찮아.'고.

그리고 나는 세 번째로 떠오른 대답을 랑이에게 말했다.

"우리 랑이, 이제 다 컸네."

거칠게 머리를 쓰다듬어 주면서 말이야.

"으, 으냐앗? 갑자기 아해 취급인 것이느냐?"

당황하면서도 볼을 부풀린 랑이를 따뜻한 눈으로 바라본 뒤, 나는 어느새 사라진 세희를 따라 내 방으로 향했다.

세 번째 대답에서 이어지는 네 번째 말을 입안으로 삼키면서.

* * *

나는 책상 앞에 앉아 펜을 쥐며 입을 열었다.

"넌 꼭 그런 식으로 해야겠냐?"

주어를 빼먹었지만, 상대는 누구보다 이런 화법에 익숙한 세희다.

"그러면 주인님께서 소희 님을 먼 곳에서 도와주기 위해 찾아온 고마운 여동생 같은 아이가 아닌 자신의 하렘 멤버 후보생이라고 각인시키는 것에 더 좋은 방법이 있습니까?"

그, 그런 거였어?

순간 꿀 먹은 벙어리가 될 뻔했지만, 나는 세현에게 배운 펜 돌리기를 성공시키는 것으로 정신을 차리고 세희에게 말했다.

"그럴 생각이었어?"

그렇다면 실패한 것 같은데?

나는 그때 소희를 지켜 줘야 할 대상으로 여겼지, 연애 상대라고는 느끼지 못했으니까.

"처음엔 다 그런 것 아니겠습니까."

세희의 말에 나는 왜 갑자기 동굴 안에서 울며 뒤돌아섰던 랑이가 떠오른 걸까.

"그보다 주인님께서는 제게 무얼 물어보고 싶으셨던 겁니까?"

하지만 그런 생각도 세희의 질문에 머릿속에서 눈 녹듯 사라졌다.

"아니, 나는 꼭 그렇게 반응하기 어려운 농담을 해야 했냐는 뜻이었지."

"그거 아십니까, 주인님? 어떤 사람은 컵에 물이 반이 차 있을 때 물이 반밖에 남아 있지 않다고 생각하고, 어떤 이는 물이 반이나 남았다고 생각한답니다."

"그래서?"

"이번 일 역시 좋은 쪽으로 생각하시면 된다는 뜻입니다. 제가 그날의 일로 일어난 **여파**를 농담거리로 사용할 정도로, 상처를 완전히 극복했다고 말이죠."

다르게 말하면 그날의 일은 아니라는 거지.

하지만 그건 당연한 일이다. 소중한 사람을 영원히 잃은 일을 그 누가 농담처럼 말할 수 있겠어?

그래서 나는 그 말에 담긴 뜻을 모르는 척, 세희에게 대꾸했다.

"그런 말은 나 말고 소희한테 해 주는 게 어때?"

"걱정하실 것 없습니다, 주인님. 저보다는 못하지만 누군가와 다르게 사람 구실은 충분히 하시는 소희 님이시니, 주인님의 체온과 체향을 마음껏 음미하신 뒤 제 의도를 스스로 깨달으실 테니까요."

"랑이도 아니고, 소희가 그러겠냐."

세희가 한쪽 입꼬리를 슬쩍 올리며 말했다.

"무얼 그리 말씀하십니까? 주인님께서도 중학생이던 시절에 비슷한 일을 하시지 않았습니까?"

윽! 왜, 왜! 그럴 수도 있지! 좋아하는 여자애가 빌려준 손수건 냄새를 살짝 맡아 본 게 그렇게 잘못된 거냐?! 그래도 난 양심이 있어서 리코더는 안 핥아 봤다고!

"그보다 주인님."

아차!

세희가 부르는 소리에 퍼뜩 정신이 들며 나는 한 가지 사실을 깨달았다.

세희가 정말 솜씨도 좋게 내 추궁에서 빠져나감과 동시에 화제를 돌렸다는 것을.

이대로 두면 안 된다는 생각에 나는 몸을 돌려 세희를 똑바로 올려다보며 말했다.

"아니, 그보다 너! 소희를 네 마음대로……."

"여기, 오늘 주인님께서 보시고 결재해 주셔야 할 서류입니다."

하지만 어느새 정장 차림으로 바꿔 입은 세희는 퉁! 종이의 동산을 책상에 놓았다.

"아니, 아직 할 말 많거든?"

지금 에이가 어디에 있는지, 거기까지 시간 맞춰 갈 수 있는지, 등등.

"그렇다면 업무를 보시며 물어보시면 되는 일 아닙니까?"

천재는 머리 나쁜 사람의 능력을 모른다.

"……됐다."

그랬다가는 죽도 밥도 안 될 게 뻔하기에 나는 일단 눈앞에 쌓인 서류부터 처리하기로 했다.

그렇게 한 시간.

이런저런 고민들 때문에 집중하기 힘들었지만, 나는 어떻게 든 쌓여 있던 서류들을 모두 치워 버릴 수 있었다. 하지만 이 게 끝이라고 생각하면 안 된다. 첫 번째 해일이 잦아든 뒤에 는 그보다 더 높은 두 번째 파도가 몰아치는 게 당연한 수순 이니까.

그 전에 조금 쉬는 시간을 가지기 위해 쭉 기지개를 켰을 때.

"수고하셨습니다, 주인님. 오늘 업무는 이걸로 끝입니다."

"엑."

몸을 펴고 있던 도중에 깜짝 놀라 이상한 소리가 나와 버리 고 말았다.

"끝? 더 없어?"

"그렇습니다."

"정말?"

세희가 현실을 받아들일 수 없어 하는 나를 언짢은 기색으 로 내려다보며 말했다.

"원하신다면 더 드리겠습니다."

"아, 미안. 괜찮아. 그럴 필요 없어. 응, 그러지 마. 절대로."

진짜 끝이구나. 일이 이렇게 빨리 끝난 건 오늘이 처음이네.

거기다 예전처럼 '동네 김고양이 씨가 내게 츄르 하나를 강 탈해 갔는데 오늘은 강아지풀을 가져오더니 흔들도록 하는 강 제 노동까지 시켰다. 이때 김고양이 씨의 품종은 무엇인가 맞 혀 보시오.' 같은 헛소리가 적혀 있는 서류들도 보이지 않았고.

그 자리를 차지한 건, 어제 기자 회견이 끝나고 요괴넷에 올라온 내 정책들에 대한 요괴들의 반응.

내 선전 포고를 요괴들이 어떻게 받아들이는지, 그에 대한 전반적인 생각들.

인요학원을 짓는 데 필요한 재원의 충당을 위한 방법 등, 상당히 진지하게 읽어 봐야 했던 것들뿐이었다.

참고로, 정책에 대한 반응은 반기는 쪽이 반절도 안 됐다. 그와 반대로 선전 포고에 대해서는 긍정적으로 받아들이는 경향이 강했고. 인요학원을 짓는 데 필요한 돈은 세희가 땅을 좀 팔고 나래의 아버지께 조금 도움을 받기로 했답니다.

하하하.

……나중에 아저씨께 인사드리러 가야겠군.

어쨌든.

일에 집중을 못 했음에도 너무나 빨리 끝나 당황하고 있는 내게, 다시 검은 한복으로 갈아입은 세희가 말했다.

"주인님, 제가 주인님께 하나를 보고 열을 아는 것은 바라지도 않으니, 부디 하나를 보고 하나라도 깨달으시면 안 되겠습니까."

나는 당당하게 말했다.

"그게 되면 내 시험 점수가 그따위였겠냐."

"……"

나는 경멸에 찬 표정을 짓고 있는 세희의 시선을 피해 고개를 돌리고서 잠깐 생각을 해 보았다.

그러자 오늘 일이 빨리 끝난 이유를 정말 쉽게 알 수 있었다.

"어제 기자 회견 때문에 그렇지?"

"그렇습니다."

예전에도 했던 이야기지만 내가 봐야 하는 업무량이 많았던 건 괴롭힘의 일종이었다. 그리고 난 어제 있던 기자 회견에서 요괴면 요괴답게 정정당당하게 한판 붙자고 말했지. 설마 그 여파가 이런 식으로 나타날 거라고는 생각도 하지 못했는데 말이야.

그래, 살다 보면 좋은 일도 있어야죠.

나는 기분 좋게 의자를 빙글 돌려 세희를 마주보며 말했다.

"그러면 아까 하다 못 한 이야기나 계속하자."

"유통 기한이 지나서 쉬어 버린 네타, 실례, 단지 자신이 원한다는 이유만으로 지난 화제를 다시 입에 담는 것은 인기 없는 인간이 할 법한 행동입니다, 주인님."

"괜찮아."

실제로 난 인기가 없었으니까.

"그렇다면 인간관계 형성에 많은 어려움을 겪으신 분들이 선택하실 법한 행동이라 바꿔 말씀드리지요."

……그건 좀 아프다, 야.

"알았다, 알았어."

그래서 나는 소희에 대한 이야기는 세희의 뜻대로 넘어가 주기로 했다.

생각해 보면 이건 결국 나와 소희 사이의 일이니까.

지금은 두 시간 뒤에 일어날 일에 집중해 보자.

"그러면 말인데."

나는 의자에서 내려와 바닥에 앉았다. 세희도 나를 따라 맞은편 바닥에 방석을 깔고 앉았고. 나는 손을 내밀었고, 세희는 내 손바닥을 쳤다.

"저와 푸른 하늘 은하수라도 하자는 겁니까."

"방석 있으면 내 것도 달라고."

"직접 꺼내시면 되는 것 아닙니까."

그래요, 장롱 속에 방석이 있죠. 저도 알고 있어요.

나는 속으로 투덜거리면서 장롱에서 방석을 꺼내 앉고서는 세희에게 말했다.

"그래서 에이가 어디 있는지는 알아봤어?"

"예."

"어디야?"

"부산 서면입니다. 오늘 아침, 자신의 거처에서 나와 그쪽으로 이동하는 것을 확인했습니다."

"원래 있던 곳은?"

"부쿠레슈티입니다."

……거기가 어디야?

하지만 나는 그에 대해 묻기보다 에이가 나와 만날 장소를 변경했다는 것에 집중하기로 했다.

이걸 어떻게 받아들여야 하지? 내가 자기 집 근처에 오는 건 싫다 이건가? 아니면 장소를 옮길 만한 다른 이유가 있는 건가? 설마 내가 찾아가기 쉬운 곳으로 와 준 건 아닐 테고. 내가 언령으로 혼자 있으라고 했던 게 영향을 끼친 건가? 어머니와 나래를 인질로 삼을 수 없으니까?

아, 그전에 가장 중요한 문제를 깜빡했군.

"부산엔 어떻게 가냐?"

"제가 모셔다 드릴 겁니다."

그러면 나는 편하긴 한데.

"나 혼자 오라고 했는데, 괜찮을까?"

"걱정하실 것 없습니다. 손수건을 흔들며 배웅할 정도의 거리는 둘 테니까 말이죠."

걱정거리가 하나 사라지자 다른 하나가 고개를 들었다.

살기 좋은 대한민국의 번화가에서 그런 일이 벌어질 것 같지는 않지만, 나를 좋게 보지 않는 건 비단 요괴뿐만이 아니니까.

알리사르라와 카페에 갔을 때 인파를 물린 것 역시 그런 이유였고.

그에 대해 물어보자 세희가 땅이 꺼져라 깊은 한숨을 내쉰 뒤 말했다.

"제가 주인님도 아니고, 그렇게 뻔한 일을 대비하지 않았겠습니까."

그것참 믿음이 가는 말이다.

"이미 에이가 있는 곳에서 반경 5킬로미터 이내의 인파는 모두 대피시켰습니다."

다른 의미로.

"……너무 넓은 거 아니야?"

뒷수습은 어떻게 하려고? 다른 곳도 아닌 번화가에서 사람을 물리면 거기서 장사하시는 분들 손해가 이만저만하지 않을 텐데.

"괜찮습니다. 그로 인해 발생하는 자영업자분들의 피해는 모두 제 포켓 머니, 실례, 쌈짓돈으로 보상을 마쳤으니까 말이죠."

"……그, 그래."

난 이럴 때 그런 생각이 든다.

알고 보면 이 녀석이 세계에서 100위권 안에 들어가는 부자가 아닐까, 하는 생각 말이야.

"겨우 100위권 말입니까?"

나는 그에 대해 생각하는 것을 그만두고, 다른 것을 물어보기로 했다.

나와 세희의 관계를 위해서.

"그보다 그 녀석이 이번에도 방송을 할 것 같은데. 막을 방법은 있냐?"

에이라는 녀석에 대해 잘 모르지만, 내게 영상 통화를 걸었을 때 인터넷 방송을 하면서 자신을 과시하는 모습을 보였으니, 이번에도 그럴 확률이 상당히 높다.

그 일은 무슨 일이 있어도 막아야 한다는 게 내 생각이고.

"방송을 막을 필요가 있습니까? 저는 오히려 권장을 해야 한다고 생각했는데 말이죠. 그래야 주인님께서 그 하찮고 건방진 계집년을 박살(撲殺)내고 압살(壓殺)해 버렸다는 증거가 남지 않겠습니까?"

세희는 아무것도 모르겠다는 듯 고개를 갸웃거리며 비꼬듯이 말했다. 그래서 나도 일부러 눈썹에 힘을 주며 대답했다.

"나도 그 자식은 제대로 손봐 줄 생각이고, 네가 그렇게까지 말하니까 지고 싶어도 질 것 같지 않아서 고맙긴 한데."

나는 살짝 고개를 숙인 세희를 보며 오늘 아침, 여유가 있을 때 생각했던 것을 입에 담았다.

"내가 쓰는 언령, 다른 요괴들에게 알려지면 좋을 게 하나도 없을 것 같거든."

"호오."

세희의 눈동자에 이채가 돌았다.

마치 내가 그런 걸 염두에 두고 있다는 것 자체가 놀랍다는 듯이.

"왜 그러냐. 다른 사람하고 싸울 때, 자기 무기는 최대한 숨기는 게 기본이잖아."

"이상, 어려서부터 같은 또래의 아이들과 하루가 멀다 하고 싸움질을 하시는 바람에 피임을 해야 하는 이유를 증명하는 자라는 이명을 지니셨던……."

나는 내가 세 번째로 잘하는 일을 하며 세희의 말을 끊었다.

"부디 제가 어리석었던 그때의 이야기는 그만해 주시면 안 되겠습니까, 세희 님."

"알겠습니다."

아무리 당사자들에게 용서를 받았던 일이라고는 해도, 그때의 일을 떠올리면 죄책감이…… 죄책감이 장난 아니라고요.

"어찌되었건."

하지만 나와는 전혀 상관없는 일이라는 듯, 세희는 평소와 다름없는 목소리로 말했다.

"자신의 약점이 무엇인지 스스로 깨달으셨다니 참으로 기특하십니다, 주인님. 언령이 무엇인지 아는 요괴들은 **없겠지만**, 주인님의 말에 알 수 없는 힘이 있다는 것이 알려지면 그에 대한 대처를 할 수 있다는 것은, 저 또한 염려하고 있던 바입니다."

예를 들어 내가 입을 열기도 전에 나를 반쪽 낸다거나, 말이라는 건 결국 공기 흐름을 진동시키는 것이니 진공 상태로 만든다거나, 나를 커다란 물방울 속에 가둬 익사시킨다거나.

어떻게든 내가 말을 할 수 없는 상황만 만들면 된다고 세희는 말했다.

지금은.

"나중엔?"

세희가 빙긋 미소 지으며 대답했다.

"뜻이 있는 곳에 길이 있는 법입니다."

……말을 하지 않아도 언령을 쓸 수 있게 된다는 건가.

"그때는 언령이 아닌 심령이라 해야겠지만 말이죠."

그건 아마도 먼 미래의 일이 될 것 같다.

"그런 이유로, 때가 되면 제 쪽에서 전파를 교란하도록 하겠습니다."

"고마워, 세희야."

그렇다면 좀 안심이 된다.

여러 가지 의미로.

"큰 의미가 있을지는 잘 모르겠지만요."

사람이 인사를 하면 좀 그냥 평범하게 받아 주면 안 되겠냐.

그렇게 생각을 하면서도, 나는 한편으로는 세희가 무슨 뜻으로 그런 말을 했는지 고민해 봤다.

세희는 기다려 줬고, 덕분에 나는 그 이유를 혼자서 깨달을 수 있었다.

"어제 그 자식한테 언령을 쓴 것 때문에?"

"주인님께서 정답을 생각해 내시는 데 4분 21초가 걸렸습니다."

"대단하지?"

"자랑이십니다."

응, 자랑할 만하지.

"그래서 그 일에 대해서는 어찌 생각하십니까?"

어떻게 생각하긴.

그 방송을 통해 내가 말을 한 순간, 에이가 이상하게 반응했던 것을 보고 무언가 눈치챈 요괴가 있을 수도 있다. 에이가 그럴지도 모르지만······.

왜일까요. 그 멍청한 녀석은 아무것도 눈치 못 챘을 것 같다는 생각이 드는 건.

어쨌든, 어제 방송을 통해 다른 이들에게 내가 가진 패를 살짝이나마 보여 줬다는 건 달라지지 않는다.

이런 상황에서 내가 뭘 어떻게 생각하겠어?

"세희야."

"예, 주인님."

"그거 아냐? 어떤 사람은 컵에 물이 반이 있을 때⋯⋯."

"정신론으로 인해 바뀌는 건 그 사람이 세상을 바라보는 인식일 뿐이지, 현실이 아닙니다."

자기가 했던 말을 아무렇지 않게 부정하네, 이 자식!

나는 화를 가라앉히고 세희에게 보란 듯이 어깨를 으쓱하고는 말했다.

"좋게 생각하자는 거지. 덕분에 언령을 어떻게 쓰는지 알 수 있었으니까."

"빠져나갈 구멍은 어떻게든 용케 찾아내시는군요."

나갈 구멍이 하나뿐인 줄 아냐?

"애초에 그게 큰 문제가 되는 일이었다면 네가 막았을 거잖아. 안 그래?"

"그런 사소한 것보다."

내 질문에 답해 줄 생각이 없다는 듯, 세희가 억지로 말을 돌렸다.

"저 또한 궁금한 것이 있습니다, 주인님."

나에게도 그리 나쁜 일은 아니기에 따라 주기로 했다.

"뭔데?"

"주인님께서는 오늘 무슨 옷을 입고 가실 겁니까?"

"……뭐?"

하지만 너무도 뜬금없는 질문에 나는 얼빠진 소리를 낼 수밖에 없었다.

"제 질문은 '오늘 무슨 옷을 입고 가실 겁니까?'였습니다, 주인님."

나는 잠깐 머리를 굴린 뒤 세희에게 말했다.

"그냥 아무 옷이나 입고 가면 되는 거 아니야?"

그런데 세희의 반응이 내 생각보다 대단했다.

중학교 3학년 때였나?

아저씨의 생일 선물을 고르게 백화점에 같이 가 달라는 나래의 부탁에, 청바지와 흰 티셔츠, 청 재킷을 걸치고 나갔을 때.

나래가 딱 저런 시선으로 나를 봤었지.

혐오스러우면서도 안쓰럽고, 불쌍하면서도 어이가 없다는 듯한, 상당히 복잡한 시선으로 말이야.

그리고 나래는 내게 새 옷을 선물해 주고 바로 갈아입게 만들었다.

한 벌에 수십 만 원짜리를 강제로.

어쨌든.

"왜, 뭐."

나도 이게 중요한 일이라는 건 안다.

랑이와 세희의 호언장담에 긴장감이 사라진 덕분에 별것도 아닌 것처럼 생각하게 됐지만 말이죠.

하지만 그건 승부의 결과만 보았을 때의 이야기고, 전체적으로 봤을 때는 다르다.

어찌 되었건, 이건 내게 공식적으로 처음 반감을 드러낸 요괴와 마주하는 자리니까. 그러니 그 자리에 무엇을 입고 가야 하는지도 중요하겠지.

중요하긴 중요한데.

"어차피 네가 생각해 둔 옷, 있을 거잖아."

지난 반년간 세희가 준비해 준 옷만 입고 다녔던 저는 이미 타성에 젖어 버리고 만 것입니다.

"하아……."

그 원흉인 세희는 깊은 한숨을 내쉬고서 내게 말했다.

"그렇습니다만, 주인님의 의견에 따라 맞춰 드릴 생각 또한 있었습니다. 하지만 주인님께서 그리 말씀하시니, 그 기대에 부응해 드릴 수밖에 없겠군요."

그 한마디에 순식간에 불안해진 나는 급히 입을 열었다.

"이상한 건 안 된다."

세희는 꽃처럼 아름다운 미소를 지으며 말했다.

"어련하겠습니까."

결론부터 말하면, 내 입장에서는 조금 이상했다.

"우와아! 성훈이는 평소에도 멋있었지만 지금은 더 멋있어졌느니라!"

"크흥, 뭐, 봐 줄 만하네, 이 멋쟁아."

"……확실히 평범한 로리콘 변태로는 안 보이는 거예요."

[크큭, 어둠의 다크 일족이 되기로 마음먹은 것인가.]

"엄마, 아빠 다른 사람 같아."

"그래요. 저도 모르게 가슴이 두근거렸네요."

가족들의 반응은 좋았지만.

환한 미소를 짓고 내 주위를 빙글빙글 돌며 킁킁 냄새를 맡는 랑이의 모습이.

나를 위아래로 훑어보고는 볼만큼 붉어진 꼬리를 앞으로 가져와서는 만지작거리는 아야의 모습도.

퉁명스럽게 말했지만 귀 윗 머리카락이 격렬하게 파닥거리고 있는 치이의 반응이.

두 손바닥을 스치듯 지나쳐서 스케치북을 꺼낸 폐이가 연필로 쓱쓱 그림을 그려 주는 것도.

또랑또랑한 눈동자로 나를 올려다보면서 성의 누나의 옷자락을 잡아당기는 성린과 나를 마주 보지 못하고 수줍게 고개를 숙인 채 곁눈질을 하는 성의 누나의 모습도.

모두 다 사랑스러웠다.

다만, 세희 때문에 거의 반강제로 갈아입게 된…….

이 옷이 아니라면 남성용 바니 코스튬밖에 없다는 세희의 협박에 반강제로 갈아입게 된 나로서는 정말 이래도 되는가 싶다.

"……괜찮으시겠어요, 성훈 씨?"

다행히 소희도 나와 같은 생각인 것 같다.

내가 입고 있는 옷은 검은색 한복이었으니까.

……세희가 입고 다니는 그 한복 말고.

요즘 시대에 맞게 개량한 남성용 한복 말이다.

내게 조금이라도 더 고민할 시간을 주겠다며 세희가 방에서 나간 덕분에! 고민과 반성의 시간을 끝낸 내가 두려운 마음을 가진 채 혼자 갈아입어야 했지만 보통 옷처럼 평범하게 입을 수 있었고, 움직이는 것도 불편하지 않은 데다가 보온까지 잘 된다. 무언가 익숙한 기운에 보호받고 있는 느낌도 들고.

거기다 이런 말 하기는 참 부끄럽지만 거울 속의 나를 봤을 때도 꽤 어울린단 생각이 들었고.

화장실 거울이 아니었는데 말이지.

하지만 평범한 일상생활을 보내는 거면 모를까…….

이런 비싸 보이는 옷을 입고 싸움질을 해도 괜찮을까?

"그건 걱정하실 필요가 없습니다."

그에 대한 의문에 세희가 대답했다.

"냥이 님의 낚싯대나 소희 님의 신물에 비할 바는 아닙니다만, 나름 안주인님의 체모를 가공하여 만든 것이기에 쉽사리 찢어지지 않고, 더럽혀지지도 않을 것입니다. 또한 보기와는 다르게 몸을 움직이기에 불편하지도 않으니 소희 님께서 걱정하시는 상황은 벌어지지 않을 것입니다."

소희에게.

"오!"

그 말에는 랑이가 반응했고.

"내 털로 만든 옷이었느냐? 어쩐지 성훈이에게서 평소보다 내 냄새가 강하게 난다 했느니라!"

아, 옷에서 느껴지던 어딘가 익숙한 기운이 랑이의 것이었구나. 내가 요력과 관련된 쪽은 잘 몰라서 눈치를 못 챘네.

여기에 냥이가 있었다면 보자마자 알았을 테지만.

"그런데 냥이는?"

나를 마중 나온 가족들 중에서 냥이만은 보이지 않았다. 그게 섭섭하다는 게 아니라, 랑이와 함께 있지 않다는 게 이상해서 물어본 내 말에 대답한 건 페이였다.

[요괴넷 기강 잡으러 가셨음.]

……어제부터 우후죽순처럼 올라오는 기괴망측한 그림과 사진에 결국 전 관리자께서 칼을 꺼내들으셨군.

[역시 흑호 님이심! 공지 한 방에 싹 정리함!]

그게 꽤나 마음에 들었는지 페이는 엄지를 세웠다.

"올 때 선물이나 좀 사 와야겠네."

내 선물이 마음에 들어서 계속 맡아 주지 않으려나~ 그러면 많이 편할 텐데~

"그런 일은 꿈도 꾸지 마시고, 슬슬 마음의 준비를 하시지요."

"내가 준비할 게 뭐가 있냐."

그건 너와 아이들이 하는 거지.

하지만 세희의 말이 가족들의 마음에 나를 이만 보내야 한다는 생각을 들게 만든 것 같다. 조금 전만 해도 밝은 분위기였던 게 거짓말같이 진중한……

"잘 다녀와요, 성훈. 올 때는……."

"아이스크림이야, 엄마."

"그래요. 아이스크림을 사 와 주세요."

순식간에 다시 밝은 분위기로 변했다.

"응."

성의 누나의 조금 엉뚱한 부탁 때문일까.

"그러면 나는 리본! 리본이 좋겠느니라! 그래서 성훈이한테 가끔 머리를 묶어 달라고 할 것이니라!"

랑이가 번쩍 손을 들고서 말했고, 동시에 내 머릿속에서는 상상의 나래가 펼쳐졌다.

판타지 영화 속의 여주인공처럼 고풍스럽게 머리를 땋는 것도 잘 어울릴 것 같고 세현이 보여 준 만화 캐릭터처럼 사이드 업 포니테일이나 투 사이드 업 스타일도 예쁠 것 같단 말이지.

그렇게 멍청한 생각을 하고 있는 내게 아야가 말했다.

"쿵, 나는 선물 같은 건 필요 없어."

정말 관심 없다는 듯 팔짱을 끼고 그렇게 말했지만, 등 뒤에서 흔들리고 있는 꼬리는 보란 듯이 붉게 물들어 있었다. 평소와 다른 게 있다면 마치 신호등이나 소방차 사이렌처럼 깜빡거리고 있다는 거지.

자신의 탐스러운 꼬리를 자랑스러워하는 아야니까, 아마도 빗을 선물로 사 달라는 거 아닐까?

"알았어."

"……정말 안 거 맞지, 이 불안아?"

말 그대로 불안한 기색으로 되묻는 아야의 머리카락을 손으로 부드럽게 빗어 준 뒤, 나는 만족스러워하는 아야의 표정을 확인하고서 치이에게 말했다.

"치이는?"

"전 오라버니께서 건강히…… 꺄우웃?! 뭘 하는 건가요?!"

소꿉친구의 옆구리를 찌른 페이가 글을 썼다.

[방구석 폐인에 인터넷 쇼핑도 안 하는 성훈이 선물을 사주는 건 진짜진짜 드문 일임. 치이는 이런 기회를 놓칠 거임?]

아니, 야. 내가 방구석 폐인이 된 건 내가 한번 움직이면 고생하시는 분들이 워낙 많아서고. 이 첩첩산중에서 인터넷으로 물건을 샀다가는 택배 아저씨한테 민폐라서 안 하는 거다!

"아우우우, 그러고 보니 그런 거예요."

하지만 페이의 글에, 치이가 힐끗힐끗 나를 곁눈질하며 그렇게 말했으니 딴죽 거는 건 그만둬야겠다.

"그러면 오라버니."

"응."

"저는 밥주걱이 좋은 거예요."

예상하지 못한 요구에 나는 살짝 당황한 채 되물었다.

"……밥 풀 때 쓰는 그거?"

"세희 언니가 쓰는 주걱은 제 손에는 조금 큰 거예요. 작은 것도 있었으면 했는데, 잘된 거예요."

"그, 그래."

정말…… 실용적인 선물이구나.

밥주걱 말고 발찌도 하나 선물해 주자.

"그러면……."

내가 말을 하기도 전에 폐이가 쓴 글이 시야를 가렸다.

[난 이번에 새로 나온 GI-Phone14S면 됨!]

나는 즉답했다.

"나중에 나래에게 부탁해라."

[그러니까 왜 나만?!]

그 휴대폰 만드는 기업의 회장님이 나래 아버지니까.

나래를 단순한 부잣집 따님 정도로 알고 있는 폐이는 양 갈래 머리카락을 빙글빙글 돌리며 볼까지 부풀리고서 항의했지만 나는 손가락으로 바람을 빼는 것으로 답했다.

폐이는 레이스가 달린 손수건이면 되지 않을까 싶군.

아, 물론 성의 누나와 성린의 선물도 따로 생각해 둔 게 있다. 정말 아이스크림만 사 오는 건 좀 그렇잖아? 뜨개질할 때 쓰는 털실이랑 성린이 읽을 만한 백과사전 정도면 되지 않을까 싶다.

……전자사전이 더 좋지 않을까 싶지만, 성린이 지금까지 기계를 다루는 건 본 적도 없고 너무 이른 것 같으니까.

자, 그러면.

나는 마지막으로 지금껏 조용히 나만을 바라보고 있던 소희에게 물어보았다.

"소희, 너는?"

"저는……."

"설마 사양하려는 건 아니지?"

"그럴 리가요, 성훈 씨."

소희가 당당하게 대답했다.

"저는 성훈 씨가 제게 입히고 싶은 옷을 선물로 주셨으면 해요."

……가장 난이도가 높은 게 튀어나왔습니다.

"알았어."

하지만 나는 이 문제는 미래의 나에게 맡기기로 하고 당당하게 대답했다.

"그럼 갔다 올게."

"어디 다치지 말고 잘 다녀오거라, 성훈아."

"안 돌아오면 안 돼, 아빠? 알겠지? 크응, 조금이라도 다치면 화낼 거니까!"

"아빠, 잘 갔다 와."

"절 오래 기다리게 하지 말아 주세요, 성훈."

"아우우우, 저녁 맛있게 준비해 두고 있는 거예요."

[안 돌아오면 요괴넷에 성훈을 주인공으로 그린 애로 만화 올릴 거임.]

나는 각양각색의 마중을 받고서 고개를 돌려 세희에게 말했다.

"부탁해."

"알겠습니다, 주인님."

세희가 손을 휘젓는 순간.

내 몸이 부웅, 하고 공중으로 떠올랐다.

나를 짐짝이나 공주님처럼 들고 다니던 지금까지와는 다르게.

하지만 나는 그에 대한 생각은 일단 접어 두고, 점점 멀어지는 가족들에게 손을 흔들어 줬다.

내 눈에는 보이지 않을 정도로 멀어진 후에도.

* * *

"도착했습니다, 주인님."

"고마워."

땅에 내려와 인적 하나 없는 주변을 둘러본 세희의 표정은 평소보다 조금 밝아 보였다.

그 이유가 궁금하기에 나는 세희에게 물어보았다.

"기분 좋아 보인다?"

"지금까지는 서면에 직접 올 일이 없어서 아쉬웠는데, 개똥도 약에 쓸 일이 있다고, 삼시 세끼를 음료수나 별사탕 없이 건빵만 먹고 싶은 것 덕분에 성지 순례를 올 수 있어서 그렇습니다."

나는 조용히 휴대폰을 꺼내서 인터넷에 성지 순례의 다른 뜻을 찾아보았다. 세상이 반쪽이 나도 이 녀석이 부산을 예루살렘이라고 착각할 리가 없으니까.

성지 순례.

영화나 드라마, 소설이나 게임, 애니메이션의 무대가 된 장소를 찾아다니는 여행을 말하는 거구나.

세희니까 여긴 아무래도 게임에서 나온 곳이겠지?

내가 힐끗힐끗 곁눈질을 하자 갑자기 '아앗핫핫하핫하!!' 하고 사람의 화를 돋우는 목소리로 웃는 걸 보니, 묻고 싶은 생각이 싹 사라졌다.

살짝 들떠 보이는 세희와 달리 인적이라고는 하나도 없는 번화가를 걷고 있자니 조금 기분이 묘해졌다.

마치 휴일 야밤에 아무도 없는 학교를 돌아다니는 것과 비슷한 느낌이랄까.

그렇게 생각하면서도 세희의 도움을 받아 문이 잠긴 가게 문을 열고서 지금 샀다가는 녹을 게 뻔한 아이스크림을 뺀 가족들의 선물을 구입하며……

매장 내 사람은 없었지만 계산대에 돈은 올려놓았습니다.

어쨌든 그렇게 잠시 걷고 있자니.

문득, 세희가 걸음을 멈췄다.

"저는 여기까지인 것 같습니다."

전쟁 영화에서 나오면 딱 어울릴 것 같은 비장한 목소리로.

다만 양손에 쇼핑백을 가득 들고 있어서 블랙 코미디가 따로 없었다.

"……누가 들으면 오해할 것처럼 말하지 마."

"틀린 말은 아니지 않습니까?"

그렇죠. 세희가 여기까지라고 했으면 여기까지인 거겠지. 지금부터는 나 혼자 가야 한다는 거다.

긴장이 안 된다고 하면…….

안 되네.

젠장.

오히려 그 반대다. 소중한 어머니와 나래에게 그런 몹쓸 짓을 한 에이의 버릇을 고쳐 줄 생각에 말이지.

난 분명 천부인을 사용하지 않는다고 했지, 내 감정을 모른 척한다고는 안 했다?

하지만 지금은 그때가 아니기에, 나는 타오르는 마음을 가라앉히며 세희에게 말했다.

"그러면……."

"참고로."

바로 세희에게 말이 잘렸지만 불만은 없었다.

"새언니와 나래 님에 대한 보호를 부탁드리실 생각이라면, 이미 냥이 님께서 행차하셨으니 주인님께서 걱정하실 필요가 없다는 말씀을 올리겠습니다."

내가 부탁하려던 일을 먼저 나서서 해결해 줬다는데 어떻게 불만을 가져?

문득 나는 그 엉덩이 무겁기가 나보다 더한 녀석이 움직였다는 사실에 관심이 갔다.

"냥이가?"

그 녀석, 페이 대신 요괴넷 관리한다고 했잖아?

"공지 하나 쓰는 데 얼마나 걸리겠습니까? 게다가 안주인님께서 울 것 같은 얼굴로 간청을 하시는데 냥이 님이라고 무슨 방도가 있겠습니까. 울며 겨자 먹기로 담배나 뻐끔뻐끔 태우며 직접 움직이실 수밖에."

"네가……."

"왜냐하면."

또 잘렸다.

"요괴들에게 두려움과 공포의 상징일 뿐인 제가 나서는 것과 존경과 존중의 대상인 흑호 님께서 행차하시는 것은 그 의미가 크게 다르기 때문입니다."

"그렇……."

"무엇보다."

연속으로 세 번째다.

"저는 이곳에서 만약의 사태에 대비해야 하니 말이죠."

나는 세희에게 보란 듯이 짝다리를 짚고 머리를 벅벅 긁으며 말했다.

"너, 나한테 불만 있냐?"

세희가 말했다.

"그야 주인님께서 지금부터 살육과 광기에 몸을 맡긴 버-서-커가 될 거라는 듯 살기를 풀풀 흘리기 시작하셨는데, 그런 분을 모셔야 하는 입장에서 제 마음이 어찌 편할 수 있겠습니까."

오해다.

"그럴 생각 없다니까."

"어제 직접 느끼시지 않으셨습니까."

세희가 말했다.

"부정적인 감정을 기반으로 언령을 사용하셨을 때, 어떤 결과를 낳는지 말이죠."

폭력과 파괴의 화신이 되고 싶었지.

안 됐지만.

"가뜩이나 평소에도 감정적으로 행동하시는 주인님이 그 영향까지 받았을 경우, 자칫하면 평소의 자신을 잃어버릴 가능성도 존재합니다. 이 점을 주의해 주시지요."

세희의 진지한 충고에 이런 반응을 보이면 안 된다는 것을 알지만.

나는 장난을 치고 싶은 충동을 참을 수 없었다.

"이런 걸 느껴 버리면 내가 아니게 되어 버렷~! 같은 거냐?"

그 대가는 경멸과 혐오로 가득 찬 시선이었다.

"……나는 농담도 못 하냐."

"꽃다운 소녀에게 건네기에는 너무나 천박한 농이었습니다."

"하긴, 좀 저질이었네."

나는 솔직하게 인정하고 세희의 충고를 받아들이기로 했다.

"알았어, 조심할게."

세희의 말을 들으면 자다가도 랑이가 이불 속으로 기어들어 오니까 말이다.

"안주인님께서 들으시면 기뻐하시겠군요."

"말하지는 말고."

나는 피식 웃고는 세희에게 말했다.

"그럼 난 가 본다."

"그럼, 주인님. 무운을 빌겠습니다."

나는 허리까지 숙이며 마중을 해 주는 세희에게 손을 흔들며 에이와의 약속 장소로 걸어갔다……가 다시 돌아왔다.

"그런데 나, 어디로 가야 해?"

에이가 부산 서면 어디에 있는지는 못 들었으니까요.

* * *

다행히도 에이가 있는 곳은 초행인 나도 정말 찾아가기 쉬운 곳이었다.

담보 게임 랜드. 우리나라에서 가장 큰 오락실이었으니까.

……이런 일로 가는 게 아니었다면 정말 좋았겠지. 다른 가게처럼 문이 굳게 닫혀 있을 테니까.

"응?"

그렇게 생각했기에 담보 게임 랜드에 도착한 나는 살짝 놀라고 말았다. 문이 활짝 열려 있고, 안에서 시끄러운 게임 소리와 게임기의 조명이 반짝반짝 빛을 내고 있었으니까.

이곳 직원들은 대피를 안 갔나? 아니, 세희가 나섰으니 그럴 리는 없겠지. 그러면 도대체 어떻게 된 거야?

그런 의문은 오락실 안으로 들어갔을 때.

오락실 안쪽에서 어깨 너머로 휴대폰을 띄워 놓은 채 경쾌한 음악에 맞춰 발판을 밟는 리듬 게임에 열중하고 있는 소녀의 뒷모습이 보인 순간 바로 풀렸다.

에이, 저 녀석이 멋대로 켠 거구나.

나는 살금살금 다가가서 입구에 있던 소화기로 뒤통수라도 갈겨…… 아니, 깜짝 놀라게 해서 발목이라도 삐게 만들까 싶었지만, 포기하고 적당히 거리를 두고서 팔짱을 끼고 에이가 게임을 하는 모습을 지켜보았다.

게임에 집중하고 있는 사람을 방해하는 건 죄악이라고 세뇌에 가까운 교육을 한 세희 때문입니다.

그건 그렇고, 이 녀석.

꽤나 어린애 같은 옷을 입고 왔네?

에이는 허벅지가 여실히 드러나는 짧은 길이의 조금 색이 바랜 푸른색 멜빵바지에 흰색 티셔츠, 거기에 무릎까지 올라오는 검은색 양말에 운동화를 신고 있었다. 무슨 소풍이라도 온 초등학생 같은 꼴이다.

한겨울이지만.

이 추운 날씨에 저런 가벼운 차림으로 돌아다닐 정도로 미친 녀석이라서 그딴 짓을 벌인 건가? 그렇다면 조금은 봐줘야 할지도 모르겠네…… 라고 생각했을 때. 다행히도 나는 기체 옆에 놓인 바구니에 있는 분홍색 코트를 볼 수 있었다.

휴, 걱정해서 손해 볼 뻔했어.

그래서 나는 에이가 게임을 하는 모습을 지켜보았는데…….

"내가 못하는 게 아니야! 난 발판 제대로 눌렀어!"

이 녀석, 게임 진짜 못한다.

지금도 방송 중인지 누군가에게 변명을 하면서 열심히 움직이고는 있는데, 운동 신경이 나쁜 건지 이런 게임은 처음 해 보는 건지 연신 MISS가 뜬다. 그렇게 어려운 곡도 아닌데 말이야.

구경하는 게 재미없을 지경이다.

흠…….

나는 휴대폰을 꺼내 시간을 확인해 봤다.

현재 시각 11시 59분. 그럼 1분만 기다렸다가 바로 뒤통수를 후려갈길까? 12시에 보기로 했는데 방심하고 있다가 당하면 자기 책임 아니겠어?

'도대체 누구한테 왕으로서 인정을 받을 생각이시냐고요!'

……그러게 말이죠.

자중하자. 어머니와 나래에게 수치를 안겨 준 자식이 혼자서 아주 자알~ 노는 꼴을 보고 있으니 나도 모르게 욱해 버린 것 같다.

그럼 어쩌지? 저 자식이 혼자 잘 놀고 있는 모습을 잠자코 보고 있자니 울화통이 터질 것 같은데. 그렇다면 나도 오랜만에 게임이나 하면서 기다릴까?

고민은 짧았고, 나는 움직였다.

담보 게임 랜드에는 우리나라 최대의 오락실이라는 말이 허언이 아니라는 듯 정말 신기한 기체들이 많이 있었다.

총 쏘기 게임에 VR 게임기, 건반을 누르는 리듬 게임에 다트 던지기 등등.

그중 내 시선을 끈 건 디스코 팡팡이었다. 나중에 시간이 나면 아이들과 함께 놀러 와서 타 보고 싶다는 생각이 들 정도로. 놀이공원에서나 볼 수 있는 게 오락실 안에 있다는 것도 놀라웠고.

하지만 결국 내가 동전을 넣은 건 펀칭 머신이었지만. 싸우려고 온 놈이 이런 거에 힘을 빼는 것도 웃기는 일이지만, 지금은 틈만 나면 이성을 젖히고 고개를 내미려고 하는 본성을 좀 가라앉힐 필요가 있어 보였거든.

그렇게 나는 오랜만에 지갑을 꺼내서 돈을 넣은 뒤.

"으랏차차!"

있는 힘껏 기합을 지르며 주먹을 휘둘렀다!

손에서 묵직한 감촉이 느껴지는 것과 동시에 쾅! 커다란 소리가 울려 퍼졌고, 나는 스트레스가 풀리는 것을 느끼며 올라가는 점수가 멈추는 것을 기다렸다.

"뭐야? 기분 나쁘게. 왔으면 왔다고 이야기를 하란 말이야"

그런데 다른 게 왔다.

하긴, 게임을 하고 있어도 그런 큰 소리가 났는데 신경이 안 쓰이면 그게 이상하겠지. 리듬 게임으로 땀을 내서 그런지 혈색이 좋아 보이는 에이는, 어이없다는 표정을 지은 채 양쪽으로 묶은 머리 한쪽을 어깨 너머로 휙 넘기면서 말을 이었다.

"뭐라고 말이라도 해 보지? 응? 그렇게 있으면 진짜 벙어리인 줄 알겠어."

옛날이야기지만.

이모가 부엌에서 요리를 하실 때, 뭐 주워 먹을 게 없나 기웃거리면서 왜 이런 맛도 없는 호박전 같은 걸 하냐고, 소시지나 구워 달라고 투덜거리던 내가 딱 저 꼴이었던 것 같다.

어떻게 이모는 나를 쥐 패지, 아니, 폭력을 행사하지 않고 잘 타이르셨는지 모르겠네.

……뭐, 그 녀석들은 가만히 있지 않았지만.

어쨌든.

나는 이모가 내게 베풀어 주신 자비와 인내심을 지금 이 순간 에이에게 돌려주기로 결심했다. 정말 다행스럽게도 우리 집 아이들에게는 필요 없는 거거든.

"조금 전에 왔다."

"조금, 전에, 왔다."

내가 한 말을 기분 나쁘게 따라한 에이가 배를 잡고 웃었다.

"꺄하하핫, 말하는 거 개웃겨. 안 그래? 쓸데없이 폼만 잡고. 자기가 뭐라도 되는 줄 아나 봐. 아, 맞다. 오빠, 찌질이 왕이었지?"

덕분에 내 혈관이 터지려고 할 때, 띠리링! 참 타이밍 좋게 펀칭 머신 점수판에 점수가 나오며 미트가 올라왔다.

340점. 최고 점수가 360점이니까 그렇게 나쁜 점수는 아니네. 그 정도로 만족하고 슬슬 한판 붙자고 말하려 할 때.

"에~ 뭐야? 점수 겁나 낮다. 일상생활 가능해? 이 정돈 난 손가락 하나로 낼 수 있는데. 그래서 오늘 어떻게 하려고 그래? 응? 죽어도 난 모른다?"

에이가 또다시 사람의 속을 긁는 소리를 해 왔다.

설마 살아오면서 세희가 선녀같이 느껴지는 날이 올 줄이야!

나는 네놈의 버릇을 고쳐 주는 데는 충분하다는 말이 튀어나오려는 걸 나래의 유혹을 버텨 온 철벽같은 이성으로 막은 뒤 입을 열었다.

"그야 넌 요괴니까 그 정도는……."

"그야, 넌, 요괴니까."

하지 말라고…….

그렇게 말해 봤자 또 따라할 게 뻔하기에 나는 입을 다물었고, 그러거나 말거나 에이는 마음껏 지껄, 아니, 말했다.

"뭐래? 그러면 내가 봐줄 것 같아? 어림도 없지, 아암~."

그렇게 말한 에이는 내가 뭐라 하기도 전에 나를 툭, 밀치고서는 펀칭 머신 앞에 섰다.

다들 알겠지만, 펀칭 머신은 한 번 돈을 넣으면 최소한 두 번은 칠 수 있게 되어 있다. 이건 국제 오락실 룰이나 마찬가지지. 그리고 에이는 돈을 낸 사람, 그러니까 나의 허락도 받지 않고 펀칭 머신을 손가락 하나로 가볍게 쳤다.

콰가가광!!

그 결과는 절대 가볍지 않았지만.

"에헷~ 힘 조절을 못 했네? 그래도 뭐, 적당히 친 거니까. 어때? 응? 깜짝 놀랐지? 혹시 너무 놀라서 지려 버린 건 아냐? 꺄하핫~♥"

조금 전까지만 해도 오락실에 놀러 온 사람들의 스트레스를 해소해 주던 머신이 고철 더미가 되었으니까.

……세희의 추천으로 봤던 만화의 한 장면이 떠오르는 것과 동시에 내 입이 저절로 열렸다.

"너, 저거 어떻게 물어 주려고 그러냐?"

"응? 갑자기 무슨 소리야?"

"네가 박살 냈잖아. 그러면 네가 돈 물어 줘야지."

돈 이야기가 나오자 에이의 눈동자가 살짝 흔들렸지만, 말 그대로 잠깐이었다. 언제 당황했냐는 듯이 고개를 빳빳이 들고 입가에는 사람의 성깔…… 바른 말 고운 말을 쓰자! 사람의 성격을 건드리는 기분 나쁜 미소를 지었으니까.

"그런 걸 왜 걱정해? 오늘부터 내가 요괴의 왕인데."

이 녀석의 머릿속에서 요괴의 왕이라는 건 아름다운 미녀, 이 녀석은 여자애니까 미남이겠지. 합쳐서 미인의 시중을 받으며 폭신한 자리에 반쯤 누워서 달콤한 포도 알을 먹는 사람인 게 아닐까.

요괴의 왕이 정말 그런 자리였다면 좋겠다는 생각을 지우기 위해, 나는 고개를 절레절레 흔들고서 에이에게 말했다.

"요괴의 왕이라고 뭐 다를 것 같냐? 박살 낸 거 물어주지 않으면 곰의 일족이 가만히 있을 것 같아?"

곰의 일족이라는 말에 나래를 떠올렸기 때문일까. 에이는 오히려 자신감이 충만해져서는 말했다.

"꺄하하핫! 그 이름값도 못하는 애들을 내가 왜 무서워해? 수장이라는 애도 가슴만 큰 허접이던데! 내가 요괴의 왕이 되면 그년들부터 우유 농장으로 보낼 거야. 어때? 요괴의 왕님의 첫 번째 정책으로 최고지?"

삼가 고인의 명복을 빕니다.

공중에 둥둥 떠 있는 휴대폰을 보니까 아무래도 지금도 방송을 하고 있는 것 같은데, 그 영상을 보면 상냥한 나래는 몰라도 곰의 일족 누님들이 너를 살려 둘 것 같지 않구나.

"뭐, 마음대로 생각해라."

그렇게 생각하자 그다지 화가 나지 않았다.

"그러면……"

"자, 잠깐만 기다려 봐."

갑자기 당황한 기색으로 내 말을 끊고 휴대폰을 바라보던 에이는 깜짝 놀라서 눈과 입을 떡 벌리고서는 말했다.

"와! 세상에! 진짜? 진짜야, 이거? 미친! 천만 원 미션 고마워, 까마귀 님! 진짜진짜 고마워! 요괴의 왕과 대전 게임에서 승리하기 맞지? 진짜? 취소 안 하지? 그럼 수락! 무조건 수락이지! 후회해도 이젠 늦었어!"

……미션? 갑자기 무슨 미션?

도대체 무슨 말을 하는지 몰라 당황하고 있을 때, 에이는 아무 말도 없이 게임기 앞에 가서 앉았다.

"뭐해? 눈치도 없어? 빨리 와! 한판 하게!"

지금 이 상황이 이해가 안 되는 건 나뿐이야?

"너야말로 지금 뭐 하자는 거냐?"

남의 어머니와 애인을 인질 삼아서 협박했던 녀석이 갑자기 사이좋게 게임을 하자는 상황이?

하지만 에이는 그게 당연하다는 듯이 오히려 성을 내며 외쳤다.

"진짜 분위기 못 읽네! 그사이에 귀까지 먹었어? 방금 천만 원 미션 걸렸잖아! 그럼 해야지!"

음…… 그제야 어떤 상황인지 조금이나마 이해가 됐다.

내가 인터넷 방송은 안 봐서 모르지만, 에이가 한 말을 통해 유추해 보면 시청자들이 이 녀석에게 임무를 주고, 그걸 성공하면 돈을 준다는 거겠지?

어이가 없다.

"……그걸 내가 왜 해야 하는데?"

나한테 돈 주는 것도 아니고.

아, 혹시 내가 이기면 나한테 돈 주냐? 그러면 한다.

그렇게 생각한 나를 보며 에이가 살짝 인상을 찌푸렸다가, 이내 짓궂게 미소 지으며 말했다.

"왜, 쫄았어?"

"어."

사실이 그러하니까.

세희와 비교해 보면 나는 하수 중의 하수지. 페이도 나와 즐겁게 노는 수준에서 맞춰 줘서 그렇지, 제 실력을 발휘하면 내 입에서 욕설이 튀어나올 정도의 고수고.

참고로, 도발기에 맞아서 지면 상당히 기분이 엿 같다.

"……응?"

"게임 못하니까 안 한다고."

그래서 난 에이가 당황하거나 말거나 사실대로 말했다. 그러자 천만 원이 눈앞에서 사라질 위기에 눈이 돌아갔는지, 에이가 자리에서 벌떡 일어나 내게 삿대질을 하며 외쳤다.

"죽기 전에 착한 일 한 번 정도는 하란 말이야, 이 허접아!"

"안 해."

"와, 진짜 대단해. 그러면 안 쪽팔려? 응? 아니면 매도당하는 게 취향인 변태라서 일부러 그러는 거야? 아니지?"

"맘대로 생각해라."

"……진짜 극혐! 무슨 남자가 그래? 한심하게!"

"그거 남녀 차별 발언이다."

"으……으으읏!!"

에이는 짜증이 나는지 발을 동동 굴리며 분을 표출했지만, 그러거나 말거나. 그런 얕은 도발이 먹힐 정도로 편한 인생을 살아온 게 아니라서 말이지.

슬슬 몸이나 풀어 볼까 생각하고 있을 때.

에이가 외쳤다.

"건방져! 너, 진짜 건방져! 닥치고 내 말을 들으란 말이야!"

"내가 왜?"

"내가 좀 봐줄지도 모르잖아!"

이 녀석은 이미 자기가 이겼다고 생각하는 걸까. 알고 보니

자의식 과잉이 심한 불쌍한 아이였구나. 네 앞에 있는 사람이 세희가 아니라는 것에 감사해야 할 거다. 내가 세희였다면 자신의 존재 자체를 부정하도록 만들었을 테니까.

세희를 떠올리자, 나는 이곳에 오기 전에 들었던 말이 생각이 났다. 그 녀석, 때가 되면 방송을 끊는다고 했지. 하지만 지금도 휴대폰은 정상적으로 작동하며 나와 에이의 모습을 열심히 촬영하고 있다.

그렇다면…….

그래.

"알았다, 알았어. 네 마음대로 해라."

어차피 시간도 남았고, 죽은 사람 소원도 들어준다는데 죽을 만큼 끔찍한 미래가 기다리고 있는 녀석의 소원이라고 못 들어줄까.

"꺄하하핫, 진짜로 봐줄 거라 생각했나 봐? 그렇게 무서웠쩌용? 응?"

해 줘도 불만이군.

나는 혀 짧은 소리를 무시하고 의자에 앉아서 스틱과 버튼 위에 손을 올려놓은 뒤 에이가 고른 게임이 뭔지 확인했다.

Queen Of Fighter's 98. 페이랑 가끔 했던 2D 격투 게임이다. 1998년도에 나온 게임인데, 놀랍게도 지금까지 매니아들이 즐기고 있다 하던가.

에이는 동전을 넣고 별 고민도 하지 않고 캐릭터를 세 명 골랐고, 나는 그 모습을 그냥 바라보기만 했다.

그렇게 잠시.

"뭐 해?"

"뭐."

컴퓨터 쪽 캐릭 하나를 간신히 이긴 에이가 고개를 돌려 나를 올려다보며 말했다.

"뭘 멍하니 있어? 안 해? 이런 거 하나하나 다 가르쳐 줘야 해? 잘 들어. 여기다 동전을 넣고 이 버튼을 누르면 되는 거야. 어때? 참 쉽지? 이건 초등학생도 할 수 있어. 자, 힘내! 아무리 바보여도 이 정도는 할 수 있을 거야!"

⋯⋯내 돈 내고 내가 해야 하는 거였냐! 천만 원이 걸려 있으면 이 정도는 네가 내라!

그렇게 외치고 싶었지만, 쪼잔하다는 소리를 들을 것 같기에 포기하고 돈을 넣었다.

자, 그럼 무슨 캐릭터를 고를까⋯⋯.

그냥 랜덤으로 하자.

애초에 내가 이 게임을 잘하는 것도 아니지만, 주로 사용하는 캐릭터도 없으니 상관없겠지.

하지만 에이는 그렇게 생각하지 않는 것 같다.

"뭐야? 랜덤? 바보 아냐? 봐, 약캐만 걸렸네. 꺄하하하, 이거 완전 내가 이겼네."

이미 다 이긴 것 것처럼 구는 걸 보니까 말이지.

그러거나 말거나, 나는 스틱과 버튼에 손을 올리고 로딩이 끝나기를 기다리며 마음을 다잡았다.

왜, 그런 말도 있잖아. 게임을 하면 이겨야지.

"응훗후~ 이거 완전 쉽겠네~ 개꿀~ 내가 좀 봐주면서 할까? 응? 응? 허접 상대론 그래도 될 것 같은데. 봐주세요~ 한마디만 하면 한 캐릭은 져 줄게."

그에 반해 에이는 이미 다 이겼다고 생각했는지 흥분을 감추지 못하고 어깨를 들썩이고 있었다.

하지만 그것도 그때뿐.

"……치사해! 치사해! 치사해! 얍삽이만 쓰고!"

이 녀석, 약했다.

페이에게 탈탈 털리는 나도 손쉽게 3연승을 할 정도로 약했다. 캐릭터에 대한 이해도와 시스템의 활용법, 고도의 심리전과 기본기의 활용, 거리 재기와 견제기.

그중에 아는 게 아무것도 없다.

덕분에 기본기를 중심으로 가끔씩 기술을 섞어 주는 것만으로 가볍게 이길 수 있었다.

어디까지나 내 생각이지만, 치이와 좋은 승부가 되지 않을까 싶을 정도로 실력이 형편없다.

"허접은 너였고."

나는 가볍게 손을 털고 자리에서 일어났다.

그러다가 우연찮게 나와 에이 뒤에 둥둥 떠 있던 휴대폰 화면을 볼 수 있었는데, 'ㅋ'로 도배되어 올라가는 채팅창을 볼 수 있었다.

아마도 할 일 없는, 페이의 말에 따르면 스페~ 셜한 요괴들이 이 영상을 보고 있는 거겠지. 그래서 난 요괴의 왕으로서 서비스 차원에서 손을 한번 흔들어 줬다. 요하, 왕하, 성하, 등등의 인사로 보이는 단어가 채팅창에 올라오는 걸 보니, 이 방송을 보고 있는 요괴들은 그렇게 나를 나쁘게 여기고 있지는 않은 것 같다.

기분이 나쁘진 않군. 어제의 기자회견 덕분일까, 아니면 단순히 내가 에이에게 한 방 먹였기 때문일까. 그것도 아니라면 단순히 이 방송의 분위기 때문일지도 모르지만.

"하, 한 판만 더 해! 내가, 내가 봐줬으니까! 한 판 더 해!"

그런 나와 달리 에이는 내게 손도 못 대고 개처발렸…….

아, 진짜 이 녀석이랑 같이 있으니 말이 험하게 나오네!

에이는 나한테 손도 못 대고 진 게 불만인지 의자에서 일어나서 내게 삿대질을 하고 있다.

나는 잠시 그 손가락을 잡고 반대로 꺾어 줄까 고민했지만, 이내 지금 그럴 필요는 없다고 생각하고서 고개를 흔들었다.

"응, 허접하고는 안 해."

"너, 너어어어!"

에이의 눈이 선홍빛으로 달아올랐고, 나는 거의 본능적으로 몸을 뒤로 빼며 숨을 들이마셨지만…….

우려했던 일은 벌어지지 않았다.

"한 판……."

에이는 그저 손을 부들부들 떨며 주먹을 꽉 움켜쥐고 소리쳤을 뿐이니까.

"한 판만! 한 판만 더 하자니까! 치사하게 굴지 말고!"

내가 오지랖이 넓은 성격이다 보니 승부의 결과를 받아들이지 못하는 에이를 무시하기가 참 힘들다.

어쩔 수 없지. 이번에는 페이에게 배웠던 온갖 더럽고 치사한 수로 에이가 다시는 대전 게임에 손을 대지 못하게 만들어 주자.

그렇게 생각했을 때.

"어? 어어? 뭐야? 갑자기 왜 이래? 왜 갑자기 끊겨? 아, 진짜! 대체 서버 관리를 어떻게 하는 거야! 수수료를 그렇게 뜯어 가면서!"

에이가 당황해서 눈을 크게 뜨고서는 휴대폰을 손에 쥐고서 화면을 들여다보았다. 무슨 일인가 싶어 살짝 어깨너머로 보니, 조금 전만 해도 쉴 새 없이 올라가던 채팅창과 나와 에이를 비추던 화면이 멈춰 있었다.

……세희의 목소리가 들리는구만.

이제 그만 놀고 일하라는 목소리가.

[정보 방해 결계를 완성했습니다, 주인님. 지금부터는 실컷 날뛰시지요.]

……귓가에 진짜로 들릴 줄은 몰랐지만.

하지만 덕분에 나는 마음의 짐을 내려놓고 가뿐한 마음으로 에이에게 말할 수 있었다.

"야."

"잠깐 있어 봐! 지금……."

나는 에이의 말을 끊었다.

"방송은 이쪽에서 끊었다."

"뭐?!"

에이가 불꽃이 튈 것 같은 붉은 눈동자로 나를 노려보며 외쳤다.

"무슨 짓이야! 다시 안 돌려놔?! 불쌍해서 봐줬더니 주제도 모르고 기어오르고 있어!"

"……글쎄다."

후우.

나는 깊은 한숨을 내쉬고서 마음가짐을 바로 하고 분노를 억눌렀다.

방송이 끊겼고, 주변 5킬로미터 내에는 아무도 없다.

지금 이곳에서 벌어지는 일은 나와 에이, 그리고 세희의 통제로 인해 아무도…… 아니, 하늘이나 밤하늘 정도가 아니라면 그 누구도 알아챌 수 없다.

그 사실이, 지금까지 억누르고 있던 감정들을 조금씩 새어 나오게 만들었으니까.

"지금 기어오르는 게 누굴까?"

물론 그런다고 스스로를 잘 다스릴 수 있었다면 제가 그 많은 실수를 저질렀겠습니까?!

"지금~ 기어오르는 게~ 누굴까~."

그런 상황에서 내 말을 재수 없게 따라 한 에이가 말을 이었다.

"극혐. 말했잖아? 그런 식으로 말하는 거 진짜 극혐이라고. 알겠지? 앞으로 그렇게 개폼 잡고 말하지 마. 나니까 이런 식으로라도 충고해 주는 거야. 응? 알았지? 그래야 남부끄럽지 않게 살 수 있어. 아이, 착하다. 우리 찌질이. 내년에는 꼭 친구 한 명 이상 만들기, 약속~! 아자아자 파이팅! 찌질이도 할 수 있다!"

에이가 주먹을 움켜쥐고 높이 팔을 뻗으며 구호를 외치거나 말거나, 나는 내가 할 말을 했다.

"됐고. 싸우기 전에 하나 좀 물어보자."

내 말에 에이가 금빛 머리카락이 하늘에 붕 뜰 정도로 몸에 힘을 주고서는 악을 질렀다.

"물어보긴 뭘 물어봐! 이번 한 번은 봐줄 테니까 빨리 방송이나 다시 풀어! 이게 얼마나 빅 이벤트인 줄 알아? 시청자가 3만 명이야, 3만 명! 도대체 어떻게 할 거야!"

⋯⋯그렇다는 건 어제 방송도 그 정도는 봤다는 이야기겠군.

새롭게 알게 된 사실에 내 혈압이 수직 상승했지만, 나는 랑이를 떠올리며 옷자락을 쥐는 것으로 화를 최대한 가라앉히고서 말했다.

"그 방송이라는 게 얼마나 중요한지는 잘 모르겠지만, 요괴의 왕 자리보다는 중요하지 않겠지."

그 말에 자신이, 그리고 내가 이곳에 온 이유를 기억해 냈는지 에이가 어깨를 으쓱하고는 건방진 말투로 말했다.

"그렇긴 해. 내가 요괴의 왕만 된다면 방송만 켜도 10만 명은 기본일 테니까. 도대체 후원이 얼마나 들어올까? 생각만 해도 두근두근한데?"

신경 쓰지 않으려고 했지만, 이 정도까지 되면 물어볼 수밖에 없군.

"……설마 그 방송 하나 때문에 나한테 싸움을 걸고 내 가족들에게 창피를 준 건 아니지?"

"창피?"

에이가 독기 어린 붉은 눈으로 나를 올려다보며 말했다.

"꺄하하핫, 개그 쪽에 소질이 있는 줄은 몰랐어! 요괴의 왕 그만두면 그쪽 알아보는 건 어때? 살아남으면 말이야."

나는 피식 웃으며 말했다.

"게임도 못하는 허접아, 대답이나 하렴."

가볍게 날린 도발에 에이가 말 그대로 분기탱천해서 소리질렀다.

"운 좋아서 한 번 이긴 거 가지고!"

"응, 한 번도 못 이긴 다음 허접."

그리고 세 번이다. 어디서 약을 팔아?

"이, 이익……!!"

아서라, 내가 세희에게 당한 게 벌써 반년이 다 되어 간다. 그런 어설픈 공격이 통할 것 같냐.

태연하게 아무 말도 하지 않고 있으니 질려 버린 걸까. 에이는 낮은 한숨을 쉬고는 말했다.

"잘하는 거 하나 있다고 오지게 잘난 척하네. 그러니까 친구도 없지."

"그게 대답이야?"

"아~! 끈질겨, 끈질겨, 끈질겨! 스토커야? 왜 그렇게 끈질기냐고?!"

에이가 버럭 소리를 지르고서는 내게 삿대질을 하며 외쳤다.

"그냥 시청자 좀 끌어오려고 그랬다, 왜?! 그 아줌마, 바보같이 혼자 찾아와서 자기가 요괴의 왕 엄마라고 하더라고! 그래서 기회는 이때다 싶었지! 그 젖소녀도 말이 곰의 일족 수장이지, 약해 빠져서 쉽게 이길 수 있었고! 짜잔~! 그러니까 온 세상의 관심이 나한테! 그래서? 들으니까 어때? 화났어? 짜증 나? 그러면 뭐 어쩌려고? 응? 이 병신아!"

"그래, 알았다."

에이의 대답으로 마음의 정리를 끝낸 나는 손가락으로 문이 있는 쪽을 가리키며 말했다.

"안에서 싸우면 여러 가지로 민폐니까 밖으로 나가자."

에이가 팍 인상을 찌푸리고서는 턱을 치켜들고 말했다.

"지금 내 말 듣고……."

"나가."

"윽?!"

가만히 두면 계속 헛소리를 할 것 같은 분위기라 언령을 써봤더니 그 효과는 확실했다. 에이는 당황해서 얼굴을 찡그리고, 어떻게든 언령에 저항하기 위해 몸을 부들부들 떨었지만 결국 한 걸음 한 걸음 확실하게 밖으로 걸어갔으니까.

동시에 나는 마음속에서 빠져나간 무언가의 빈자리를 차지한 파괴 욕구를 억누르기 위해 애써야 했다.

아, 젠장.

저 자식이 눈앞에 있으니 이게 장난이 아니네. 어느 정도냐면 지금 당장 저 자식의 뒤통수를 의자로 찍어 버리고 싶을 정도야.

진정해! 게임에서 이긴 건 나다! 이긴 사람이 체어 샷을 날리는 건 사람의 도리가 아니야!

그렇게 속으로 농담까지 하며 자신을 설득하고 심호흡을 해 보았지만 성난 마음은 진정이 되지 않았고, 나는 주먹을…….

주먹을 쥐던 나는 문득, 그립고 편안한 향기가 콧속을 스쳐 지나간 것을 깨달은 순간.

옷소매에 얼굴을 묻고 있는 힘껏 숨을 들이마셨다.

"후……하……."

랑이의 향기가 내 폐를 가득 채우자 거짓말처럼 마음이 진정된다.

……세희는 여기까지 예측하고 랑이의 털로 옷을 만들어 준 걸까?

그런 생각을 하며 건물 밖으로 나갔을 때.

아무도 없는 거리에 혼자 서 있는 에이가 눈을 부릅뜨며 내게 외쳤다.

"이, 이 썩을 인간이! 도대체 나한테 무슨 짓을 한 거야?!"

나는 에이에게서 조금 거리를 둔 뒤, 일부러 고개를 갸웃거리며 말했다.

"뭘 그렇게 놀라? 이번이 처음도 아니면서."

내 생각이 맞았다.

에이는 멍청하다. 그것도 꽤나.

"아, 맞다!"

어제 내가 영상 통화 중에 무언가 했다는 걸 이제야 깨달은 것 같으니까.

"어제! 네가 전화 끊은 다음에 그 젖소녀랑 아줌마한테 아무 짓도 못 했어! 설마 그것도 네가 한 짓이야?!"

나는 옛날에 세희가 내게 했던 이상한 행동을 따라하며 에이에게 대답했다.

"Yes, I am."

"……."

아무리 에이를 방심시키기 위해서라도 이런 짓은 하지 말 걸 그랬다.

소기의 목적은 충분히 달성한 것 같지만.

나는 당황해서 아무 말도 못 하고 입만 벙긋거리고 있는 에이에게 보란 듯이 머리를 긁적이며 말했다.

"뭐, 그렇다는 거지."

그와 동시에.

"멈춰."

"꺄악!"

나는 언령을 썼고 내게 덤벼들던 에이는 그대로 길바닥을 굴렀다.

아무리 바보라고 해도 내게 알 수 없는 힘이 있다는 사실을 알게 됐는데도 가만히 있을 거라고 기대하면 안 되니까.

하지만 에이가 바보라는 사실은 변함없었다.

"그런다고 내가……."

"요술 쓰지 마."

자신에게 남아 있는 마지막 기회조차 살리지 못했으니까.

……단순히 싸움에 익숙하지 않은 걸지도 모르고.

"이, 이게 왜 안 돼?!"

무언가를 하려던 에이가 언령에 막혀 당황하기만 하고 있을 때, 나는 다시 한번 언령을 썼다.

"요력도 쓰지 말고."

몸이 살짝 휘청거릴 정도로 내 안에서 무언가가 뭉텅 빠져 나갔다. 지금 상태를 보면 아무래도 언령을 쓸 수 있는 건 앞으로 한 번 정도일 것 같네.

하지만 그런 이성적인 판단은 성난 해일과 같은 폭력에 대한 갈증이 가슴 깊은 곳에서 치밀어 오르며 사라졌다.

그건 누구에게도 말 못 할 어둡고 음습하며 파괴적인 욕망이었기에, 나는 급히 옷소매에 다시금 코를 묻고 있는 힘껏 숨을 들이마셨다.

휴, 이제 좀 살 것 같네.

"이거 빨리 안 풀어?!"

그런 내 노력은 조금도 모르고 있는 에이는 땅바닥에 뒹군채 바락바락 악에 질린 소리를 질렀지만.

……흠? 신기하네? **나는 분명 요력을 쓰지 말라고 했는데 말이지.**

달라진 거라고는 밝게 빛나던 금발에 살짝 붉은 기가 맴도는 것 정도밖에 없다.

하지만 그건 지금 당장은 중요한 일이 아니기에 머릿속 어딘가에 치워 버리고서, 최대한 이죽거리며 에이에게 다가갔다.

"네 말을 내가 왜 듣냐? 응? 이대로 줘 패면, 아, 미안. 이대로 죽도록 패면 되는데."

그제야 자신의 처지를 깨달은 에이가 길바닥에서 애벌레처럼 몸을 꿈틀거리며 외쳤다.

"오, 오, 오지 마!"

……제가 바랐던 반응이긴 합니다만.

아무리 내가 화가 많이 났다 해도 어린애가 보이지 않는 밧줄에 묶인 것처럼 길바닥에서 **꿈틀거리며 공포에 질려 벌벌 떠는 모습**을 보면 마음이…… 마음이…….

안 약해지네?

랑이가 내 옆에 있다면 모를까, 옷에 남아 있는 냄새만으로는 이 정도까지가 한계인 것 같다.

그래서.

절대적인 우위에 서서 앞으로 이 녀석에게 할 일들을 생각하느라 살짝 방심한 걸지도 모른다.

"……라고 할 줄 알았어?!"

에이가 몸을 일으켜서 주먹을 휘두를 거라고는 상상도 못 했으니까.

"어이쿠."

다만 그 움직임은 내 눈에 훤히 보일 정도로 느리고 어설펐다.

"어?"

주먹을 휘두른 당사자도 자기 몸이 이렇게 느리게 움직일 거라고는 예상 못 했는지 얼굴에 당혹감이 가득 찼다.

그러거나 말거나.

나는 가볍게 몸을 트는 것으로 에이의 어린애보다 못한 주먹질을 피하고 잽싸게 명치에다 주먹을…… 날리려다가 아무리 그래도 그건 아닌 것 같아서 허리를 잡아 거꾸로 들었다.

"꺄아앗?!"

이러고 있자니 길거리 싸움꾼2에서 나왔던 근육질의 러시아인 격투가가 쓰는 잡기 공격을 하고 싶어지네.

……그랬다가는 목이 부러져서 죽겠지.

"내려놔! 안 내려놔?! 이 변태! 죽여 버릴 거야!"

안 그래도 내려놓을 생각이었다. 계속 들고 있다가는 거꾸로 들린 채 바동대는 이 자식한테 머리가 차일 것 같았으니까.

그래서 나는 놓았다.

"어?"

그 자세 그대로.

이것도 충분히 위험한 짓이지만 괜찮을 거다. 내 언령에 어느 정도 저항할 수 있는 녀석인 데다가, 살짝 의심쩍긴 하지만 일단 요괴잖아?

이 정도로 머리가 깨져서 죽지는 않을 거다.

거기다 자비심 넘치게 머리를 무릎으로 찍지도 않았잖아?

"꺄아아악!"

내 예상대로 에이는 비명을 지르면서도 두 팔을 뻗어 땅을 짚고 데굴데굴 바닥 위를 굴렀다.

저런······.

"그러니까 남한테 부탁을 할 때는 정중하고 예의 바르게 말해야 하는 법이다. 잘 알았지?"

"아야야야······ 아파······."

그러지 못해 흙투성이가 된 에이는 신음을 흘리며 울상을 지었지만 그것도 잠시.

"너!"

이내 표독스러운 눈매로 나를 노려보며 외쳤다.

"뭐야! 대체 뭐야?! 나한테 무슨 짓을 한 거야!"

"그것보다는 지금부터 내가 너한테 무슨 짓을 할 건지 물어보는 게 낫지 않을까? 응? 제대로 힘도 못 써서 인간 아이처럼 약해진 너한테, 이 로리콘 왕이 말이야."

나는 에이에게 겁을 주기 위해 일부러 최대한 사악하게 웃으며 한 걸음 한 걸음 다가갔다.

덤으로 열 손가락도 음란하게 풀면서 말이지.

"히, 히익?!"

그런 나를 보며 에이가 비명 섞인 신음을 흘렸지만, 이번에는 방심하지 않았다.

에이는 내 언령에 당했으면서도 움직였고, 어설프게나마 공격을 시도했다. 그런데 저게 연기가 아니라는 법도 없잖아?

나는 수틀리면 다시 한번 내 모든 것을 쥐어짜 언령을 쓸 각오를 하면서 조심스럽게 에이에게 다가가다가…….

"꺄아아악?!"

"가만히 있어!"

그대로 덮쳤다.

그야말로 성범죄자나 다름없는 꼴이었지만 지금 그런 걸 신경 쓸 때가 아니지!

"사, 사람 살려! 경찰! 경찰 아저씨! 꺄아악!!"

에이가 온 힘을 다해 저항하며 비명을 질렀지만, 평범한 어린아이 수준의 힘이었기에 마운트 포지션을 잡기에는 아무 문제없었다.

자! 이것으로 여자애의 가슴 위에 올라타서 두 팔을 무릎으로 누른 채, 한손으로는 입을 막고, 사타구니를 들이밀고 있는 요괴의 왕님이 탄생하셨다!

……방송 끊기를 잘했어. 정말 잘했다니까. 이게 그대로 전파를 타고 세상에 흘러 나갔어 봐. 끔찍하지.

"신고할 거야! 신고할 거라고! 이 변태! 로리콘! 스토커! 치한!"

자! 장난은 여기까지 하자.

내 감정을 다스리는 데 필요한 시간은 충분히 벌었으니까.

"입 닥치고 잘 들어."

"크엑?!"

나는 왼손으로 에이의 목을 잡은 뒤, 몸을 숙여 두려움에 젖은 에이와 눈을 마주치며 말했다.

"나는 네가 누군지 모르고, 뭐 하는 녀석인지, 네가 왜 요괴의 왕이 되고 싶어 하는지도 몰라. 사실 너 같은 잡요괴한 테는 별 관심도 없다."

오지랖 넓은 내 성격상, 지금 같은 경우가 아니었다면 나는 먼저 세희에게 에이가 누구인지, 뭐 하는 녀석인지, 무슨 생각을 하고 있는지 물어봤을 거다.

이 녀석을 알고 이해한 뒤에 결투를 준비했을 거다.

그 누구도 아닌 에이를 위해.

하지만 나는 그러지 않았다.

"너는 내 어머니와 내 소중한 친구에게 치욕을 안겨 줬으니까."

나는 알려 하지 않았다. 물어보지 않았다. 생각하지도 않았다. 어렸을 때 그랬던 것처럼, 에이를 그저 내 적으로만 여겼다.

"내가 분명 말했지. 나한테 도전하라고. 그러면 정정당당하게 한판 붙어 주겠다고 말이야."

그리고 보란 듯이 눈앞에서 움켜쥔 주먹을 흔들며 말했다.

"하지만 넌 내 말을 무시하고 내 가족을 건드렸어."

내 안의 무언가가 변했다는 것을 본능적으로 느꼈기 때문일까?

"자, 잠깐! 타임! 타임! 설마, 설마 아니지? 응? 그럴 생각 아니지? 내, 내가 장난이 심하긴 했지만, 그, 그, 그래도 이건 아니잖아? 응? 무저항인 여자애를 때, 때릴 생각이야?"

에이는 헛소리를 지껄이며 어떻게든 이 상황에서 벗어나기 위해 다리를 휘젓고 고개를 흔들었지만 나는 꿈쩍도 하지 않았다.

오히려 몸에 힘을 주고 주먹을 높이 들었을 뿐.

지금부터 무슨 일이 일어날지를 예상한 에이가 눈물을 찔끔 흘리며 비명 같은 소리를 외쳤다.

"미, 미안해! 내가 정말 미안하다니까?! 다시는 안 그럴게! 그러면 됐잖아! 한 번만 봐줘! 응? 다, 다시는 안 까불게!"

하지만 들리지 않았다.

닿지 않았다.

그래서 나는 마지막으로 언령을 사용했다.

"내 손은 에이의 머리를 부술 정도로 단단해진다."

"히이익?!"

이미 어젯밤에 언령이 스스로에게도 영향을 준다는 걸 배웠으니까, 이럴 때 써야 하지 않겠어?

마침내 텅 비어 버린 내 마음을 폭력에 대한 갈망이 차지했고.

"지금 그 벌을 받을 시간이다, 꼬맹아."

에이는 지금부터 일어날 일을 상상했는지 울음을 터트리며 애원해 왔다.

"사, 살려 줘. 아니, 살려 주세요. 자, 잘못했어요. 제, 제가 잘못했어요!"

나는 그 간절한 기도를 무시한 채.

"죽기 싫어! 죽기 싫다고! 이렇게 죽기 싫어어어!!"

광기와 분노, 증오와 울분을 모두 쏟아부은 주먹을 높이 들어!

"어, 엄마아아아!"

있는 힘껏 내려쳤다!

쿠과과과강!!

사람의 주먹에서 나왔다고는 믿을 수 없는 소리에 세상이 크게 울렸다. 그 여파는 내 몸이 흔들릴 정도였고, 이에 나는 만족할 수 있었다.

이야! 주먹질 한 방에 스트레스가 싹 풀리네!

"후……."

하지만 무리하게 언령을 연달아 쓰고, 그 힘으로 몸을 강화한 덕분에 무리가 간 것도 사실이라 숨이 살짝 벅차다. 몸도 내 몸 같지 않고.

그래도 계속 성범죄자 같은 꼴로 있을 수는 없어서 힘겹게 일어났을 때.

나는 주먹으로 찍은 곳이 말 그대로 박살이 나 있는 걸 볼 수 있었다.

그야말로 완벽하게 산산조각이 났다.

절대로 사람이 주먹질을 해서 나올 수 있는 결과물이 아니

다 싶을 정도로.

이래서야 나도 이젠 평범한 반인반선이라고 할 수 없겠어? 조금 씁쓸하기도 하지만, 나름 기쁘기도 하다.

이제야 나도 가족들처럼 신기하고 강력한 힘을 내 의도대로 쓸 수 있게 됐으니까.

"쯧."

하지만 어째서인지 혀를 차고 말았다.

왜 이런 감정이 드는지 생각하는 것조차 귀찮아진 나는, 더러워진 손을 닦기 위해 옷에 가져다 대려다가 허공에 탈탈 터는 것으로 만족했다. 랑이의 털로 세희가 만들어 준 옷을 더럽히고 싶은 마음은 없었으니까.

……이미 조금 늦은 것 같긴 하지만요.

"하, 하하."

미묘한 기분이 들어 헛웃음을 터트렸을 때, 등 뒤에서 익숙한 목소리가 들려왔다.

"괜찮으십니까, 주인님."

"어, 왔냐."

나는 뒤도 돌아보지 않고 세희에게 대답했다. 언령을 씀으로써 내가 무슨 짓을 저지를 수 있는지 깨닫게 해 주는 결과물을 내려다볼 뿐.

"저는 분명 괜찮으시냐고 물었습니다."

세희의 물음에 나는 오른손을 쥐었다 펴 보았고, 주먹에 돌 조각이 박혀 피가 나고 뼈마디가 살짝 아플 뿐, 아무런 문제도 없다는 걸 확인한 뒤 씨익 웃었다.

"응, 괜찮아."

"……그런 걸 문제가 있다고 하는 겁니다. 주인님."

어딘가 날이 선 목소리로 말한 세희가 내 옆에 다가와 말했다.

"손을."

나는 군말 없이 오른손을 세희에게 내밀었다. 세희는 병을 꺼내 주먹에 박힌 돌 조각들을 빼고서 이상한 액체를 내 손에 정성껏 발랐다.

"그건 뭐야?"

"예전에 말씀드렸던, 수수께끼의 액체 X입니다."

"……그, 그래."

여전히 효과 하나는 확실하네.

"그래서 어떠십니까."

"뭐가?"

"지금 결과에 만족하셨습니까?"

지금도 그 결과물을 보고 있기에 나는 고개를 저으며 말했다.

"아니."

처음으로 요괴와의 결투에서 승리했다.

내게 어떤 힘이 있는지 스스로 증명했고.

스트레스 해소까지 완벽하게 해 버렸지만, 내 마음속에는 아직도 불만이 가득 차 있다.

아니, 기대감에 가슴이 두근두근 뛴다고 해야겠지.

이건 어디까지나 과정의 하나니까.

"자, 그러면 이 녀석을 어떻게 하지?"

"남해 바다가 저 앞입니다, 주인님."

"……무시무시한 말을 아무렇지 않게 하네."

"더욱 무시무시한 짓을 아무렇지 않게 하신 주인님께 듣고 싶지는 않은 말입니다."

"뭐래."

나는 길바닥에 쭈그려 앉으며 말했다.

"아직 시작도 안 했는데."

그리고 나는 **상처 하나 입지 않은**, 하지만 지레 겁을 먹고 기절해 버린 에이의 머리를 손가락으로 툭툭 건드렸다.

이 자식, 그렇게 건방이라는 건방은 다 떨더니 겁 좀 주면서 길바닥을 내리쳤다고 기절까지 할 줄은 몰랐다. 두 눈 잘 뜨고 봤으면 내 주먹이 자기 머리가 아니라 바로 옆을 향하고 있다는 것도 알 수 있었을 텐데. 역시나 싸움에 익숙하지 않은 것 같다.

……아, 설마 내가 이 녀석의 머리를 박☆살 냈을 거라 여긴 사람은 없겠지. 언령에 의해 감정이 격해졌다 한들, 나는 나다.

그런 끔찍한 짓은 하지 않아.

전에도 말했지만, 그런 짓은 하면 안 된다고 랑이가 내게 가르쳐 주었으니까.

그래서 난, 말했듯이 이 녀석의 버릇을 고쳐 줄 생각이다. 그런데 사람의 버릇이라는 게 조금 많이 아픈 꿀밤을 때리는 정도로 고쳐지는 게 아니죠.

후, 후후후. 후후후후후후.

내가 겪어 봐서 아는데, 누군가의 버릇을 고쳐 주는 데 가장 좋은 방법은 옆에다 두고 길이길이 갈구는, 아니, 하나하나 올바르게 교정해 주는 게 최고다.

그래. 하나하나, 올바르게, 교정해 주는 게 최고지.

그 과정을 다른 요괴들이 안다면 허튼 생각을 하지 못할 정도로.

거기다 오늘 아침.

어제 세희에게 들었던 이야기를 기반으로 이런저런 생각을 해 봤을 때. 나는 이 녀석이 내게 꽤나 쓸모가 있을 거라는 결론이 나왔다.

언령을 쓰는 법에 익숙해지는 방향으로 말이지.

나는 아직 언령에 대해 아는 것이 거의 없다. 정확히 어떤 힘을 가지고 있고, 이 힘을 쓸 때 조심해야 하는 점이 무엇인지도 잘 모른다.

세희는 몰라도 소희가 친절하게 알려 줄 거라 생각하지만, 안타깝게도 나는 이론보다는 실전에 강한 타입이라 생각한다.

경험상 말이지.

그런 의미에서도 **에이는 정말 쓸모가 있을 것 같단 말이야?**

크크크크크. 크하하하하핫!

"삼류 악당 같은 웃음을 흘리며 악랄하고 악독한 계획을 다시 한번 되새기시는 와중에 죄송합니다만, 주인님, 지금 새어 나오고 있습니다."

"······응?"

무슨 소리인가 싶어 고개를 돌려 보니, 세희는 어느새 거리를 두고서 손수건으로 얼굴을 가리고 있었다. 세희가 왜 그러나 싶을 때, 내 코도 어디선가 나는 지린내를 맡았다.

그 냄새가 에이의 다리 사이에서 흘러나온 노란색 액체에서 비롯된 것임을 깨달았을 때, 나는 고양되어 있던 정신이 급속도로 차가워지는 것을 느끼며 세희에게 말했다.

"······진짜 어떻게 하지?"

"다시 말씀드리지만 바다가 저 앞입니다, 주인님."

말을 말지.

"네가 알아서······."

말을 하다가 세희에게 모든 걸 맡겼을 때 생길 문제를 깨달은 나는 즉시 말을 바꿨다.

"아니, 죽이지 말고, 상처 입히지 말고, 잘 씻기고 옷을 갈아입힌 다음에 집으로 몰래 데려가자."

아이들이 에이를 반길 일은 없을 테니까. 일단 설명과 설득이 먼저이지 않을까 싶다.

내 말에 세희가 손수건 너머로도 알 수 있을 정도로 인상을 찌푸리며 말했다.

"또 그놈의 오지랖입니까?"

나는 고개를 흔들었다.

"아니, 이건 죄와 벌이다."

아마 지금의 나는 꽤나 사악하게 웃고 있지 않을까 싶다.

끝마치는 이야기

소희는 말했다.

언령에 익숙해지기까진 시간이 걸린다고. 그러니까 그동안 무리하지 말라고.

하지만 그 사실을 무시하고 연거푸 언령을 쓴 나는 집에 오는 길에 말 그대로 기절해 버리고 말았다. 가족들에게 선물도 못 주고, 씻지도 못했는데 말이지.

그리고 정신이 들었을 때.

나는 어두운 방 안, 따듯한 이불 속에 누워 있었다.

아무래도 여긴 내 방인 것 같고, 꽤나 잔 것 같네.

"……몇 시지?"

나는 혼잣말을 내뱉으며 찌뿌둥한 몸을 일으켰다.

"오후 8시 24분."

……대답이 돌아올 줄은 몰랐는데.

옆을 보자 어둠 속에서 앉아 있는 나래를 볼 수 있었다. 아니, 정말 보인다는 건 아니고, 우리 집에서 저 정도 앉은키에 몸의 굴곡이 뚜렷한 사람이 나래밖에 없으니까 하는 말이다.

"불 켤게."

"어."

내 대답을 들은 나래는 손가락을 튕기는 것으로 형광등을 켰다. 요즘로 켜진 형광등의 환한 빛에 눈이 찌푸려졌지만, 동시에 내 머릿속에는 한 가지 궁금증이 떠올랐다.

언령으로도 형광등을 켤 수 있을까?

"몸은 좀 어때?"

그런 얼빠진, 하지만 인류의 발전에 반드시 필요한 호기심을 뒤로하고 나는 눈을 지그시 누르며 나래에게 대답했다.

"나름 괜찮은 것 같은데."

몸이 좀 피곤하고, 정신적으로 무언가 많이 빠져나간 것 같지만 그렇게까지 나쁜 상태는 아니다. 대충 2시간 동안 오래 달리기를 한 다음에 집에 들어와서 샤워를 하고 음료수를 마신 뒤 푹신한 소파에 몸을 푹 기대었을 때의 노곤함 정도?

"안 괜찮다는 거네."

"그렇죠."

어느 정도 눈이 빛에 익숙해지자, 나는 혹시나 하는 마음에 내 옷차림과 하반신을 확인한 뒤 이불을 옆으로 치웠다.

"그보다 너는? 괜찮아?"

"별 문제없어."

그렇게 말하는 나래의 볼은 살짝 붉어져 있었다.

"……진짜?"

"……조금 많이 후회되기는 해."

나래가 낮은 한숨을 쉬었다.

평소 내게 보이는 선을 간당간당하게 넘는 애정 표현 때문에 오해를 살 수도 있지만, 나래는 원래 상당히 몸가짐이 바람직한…… 아니, 몸가짐이 단정한 아이다. 자신의 몸매가 가지고 있는 파괴력을 잘 알고 있기 때문에 노출도가 높은 옷도 입지 않았고.

……랑이와 알게 된 후에 여러 가지 이유로 많이 달라지긴 했지만! 기본은 그렇다는 거다!

그런 나래가 방송을 통해 불특정 다수에게 그런 노출도 높은 옷차림을 보여 줬다는 걸 어떻게 받아들일지, 나는 상상도 할 수 없었다.

"그래도 필요한 일이었으니까."

나래의 말에 나는 말을 고르고 고른 뒤 입을 열었다.

"……우리 어머니 때문에?"

나래가 씁쓸한 미소를 지으며 말했다.

"그래, **우리** 어머님 때문에."

같은 말이지만, 다른 의미로 쓰였다는 건 아무리 나라고 해도 알 수 있었다.

"하지만 곰의 일족 수장으로서도 언젠가 한 번은 해야 할 일이었어. 그러니까 이 일로 너무 신경 쓰지 마."

"응?"

바로 이어진 말은 이해할 수 없었지만.

"그게 왜 그렇게 돼?"

나래가 당한 일은 곰의 일족의 수장, 더 나아가서는 곰의 일족 자체의 권위가 실추되는 것이나 다름없다. 지금껏 요괴들을 관리해 온 곰의 일족의 권위가 땅에 떨어지는 게 도대체 왜 필요한 일이라는 거지?

그런 내 의문에 나래가 대답했다.

"입장이 변했잖아. 이제는 요괴의 왕이 전면에 나섰으니까. 그런 마당에 곰의 일족이 지금껏 해 온 것처럼 요괴들을 관리하는 것도 이상하잖아? 결국 네 백성들인데."

"……아."

"요괴들이 가지고 있는 곰의 일족에 대한 이미지를 조금 손볼 필요가 있었어. 지금까지는 공포의 대상이나 마찬가지였으니까. 그래서 곰의 일족은 지금껏 요괴들한테 가지고 있던 영향력을 조금씩 줄여 가면서, 요괴의 왕의 조력자 위치 정도로 조정되는 게 좋겠다고 언니들하고도 이야기가 끝났고. 이번 일은 그 연장선에 있었던 거야."

나래가 깊은 한숨을 내쉰 뒤 말을 이었다.

"나나 언니들이나 결국 평범한 삶을 살고 싶어 하는 평범한 인간이니까."

……내가 모르는 사이에 평범이라는 단어의 뜻이 변한 걸까? 두 가지 의미로.

"차라리 만지지 그러니, 성훈아?"

힐난이 8할, 유혹이 2할인 나래의 말에 나는 시선을 위로 올리며 말했다.

"나중에 만지겠습니다."

눈이 동그래진 나래가 말했다.

"안 만진다고는 안 하네?"

그야 당연하지.

세상의 그 어떤 남자가 이런 매력적인 유혹을 거절할 수 있겠어?

"평생 안 만질 수는 없잖아?"

여러 가지 전제가 붙지만.

"……어휴, 혹시나 하고 기대한 내가 바보지."

내 대답이 마음에 들지 않았는지, 나래가 가슴 아래로 팔짱을 끼고서 말을 이었다.

"어쨌든, 그런 거니까 지금부터 나한테 미안해하는 건 금지야. 알겠지?"

나래의 상냥한 마음 씀씀이에 씁쓸한 미소가 절로 나왔다. 그렇다고 미안하다고 말할 수는 없는 노릇이기에, 나는 손짓으로 나래에게 가까이 와 달라고 부탁했다.

나래는 살짝 고개를 갸웃거리면서도 조심스럽게 내 앞에 다가와 앉았고, 나는 자리를 바꿔 내가 처음으로 반한 여자아이의 허리를 등 뒤에서 끌어안고 속삭이듯 말했다.

"고마워, 나래야."

"……내 귀에는 미안해라고 들리는데?"

"사랑해."

"됐어."

찰싹, 나래가 내 손등을 아프지 않게 치면서 말했다.

"어쨌든 이걸로 나, 다른 곳에는 시집 못 가니까 네가 책임
져야 해. 알겠지?"

"다른 곳에 보낼 생각도 없었습니다."

인스탓이니 뭐니, SNS로 자신의 몸매를 유감없이 뽐내는
누님들도 잘 결혼한다는 말이 떠오르긴 했지만 그걸 입 밖에
낼 정도로 저는 바보가 아닙니다.

"그런 것치고는 하는 게 없는 거 아니야?"

"그렇게 보였다면 앞으로 더 열심히 해야지."

그렇게 말하며 나는 손을 풀었다.

이대로 있다가는 위든 아래든 움직이고 싶어 하는 손을 막
을 수 없을 것 같아서 말이죠.

"열심히 하는 거 맞아?"

다시 내 쪽을 바라보며 앉은 나래의 장난 섞인 힐난에, 나
는 두 손을 들어 항복을 표한 뒤 화제를 돌렸다.

"그보다 어머니는? 아직 집에 계셔?"

나래가 내 방에 있다는 건 어머니도 같이 구출…….

그걸 구출이라고 해도 되는지 모르겠지만, 어쨌든.

냥이의 도움을 받아 구출됐다는 뜻이지. 그렇다면 먼저 우
리 집으로 모셔 왔을 텐데 말이죠.

하루가 멀다 하고 세계 평화를 위해 세계 방방곡곡을 돌아다

니시는 어머니의 성격상 아직 집에 계실지는 의문이란 말이지?

개인적으로는 아직 집에 계셨으면 좋겠지만. 오랜만에 얼굴도 뵙고 싶고, 확인해 볼 것도 있으니까 말이지.

진지하게 말이죠.

"그게 말이지……."

하지만 나래가 내 시선을 피하며 볼을 긁는 걸 보니 아무래도 틀린 것 같다.

"너 자는 모습만 보고는 급하게 서울로 올라가셨어. 아버님께서 많이 화가 나셨다고."

그런데 그 이유가 조금 신기했다.

"아버지가?"

"응."

이런 말을 하기는 좀 그렇지만.

아버지가 좀 인간쓰레기 같고, 자조적이며, 틈만 나면 일이 안 된다는 핑계를 대면서 술을 입에 달고 다니는 사람이긴 하지만…….

지금까지 화를 내는 모습은 본 적이 없었다.

화가 날 만한 일이 있어도 언제나 유쾌한 헛소리를 하고 태양봉신의 춤이니 뭐니, 이상한 춤이나 추면서 넘어갔지.

그런 아버지가 화를 냈다고 하니 갑자기 머릿속에 한 가지 가정이 떠올랐다.

어머니께서 이번 일을 벌이신 건 아버지에게 보내는 항의의 의미도 살짝 있는 게 아닐까? 자기 마음대로 정부 쪽의 제의를 받아들인 것에 대한 항의 말이야.

그렇다고 내 결심이 흔들리지는 않지만.

"아, 그리고 아이들도 조금 전까지 있었는데 밥 먹으러 갔어."

하지만 그런 생각도 나래가 화제를 돌리는 것으로 눈 녹듯 사라졌다. 그 자리를 차지한 건 인생 헛살지 않았다는 뿌듯한 마음이었고.

뭐, 어때. 나중에 물어보자. 나도 어머니가 무슨 생각으로 일을 벌이신 건지 아직 확신하지는 못하겠으니까.

"그랬어?"

"애들 이야기 좀 했다고 입이 아주 귀에 걸려요, 걸려."

나래가 장난스럽게 웃으며 내 볼을 두 손으로 만지작거렸다. 나는 그 온기를 즐기면서도 문득 걱정이 돼서 손을 잡고 아래로 내리며 나래에게 말했다.

"넌? 밥 먹었어?"

"먹었어."

그렇게 말한 나래는 한번 빠져들면 나오기 싫은 가슴골에서 작은 곽 과자를 꺼내며 말했다.

"칼로리 과자가 꽤 좋거든."

나는 기겁해서 외쳤다.

"체중 조절은, 아니, 체중 조절은 안 하셔도 됩니다! 아니, 하지 말아 주세요!"

알다시피 가슴의 대부분은 지방이다.

살을 빼면 지방부터 빠지기 마련. 그렇기에 운동을 하면서

도 저런 은혜로운 크기를 유지하고 있는 나래의 가슴은 그야
말로 신비의 영역이다.

하지만 신비는 당연한 것이 아니고, 위험 인자는 적을수록
좋은 것!

나래의, 더 나아가서는 우리의 가슴을 지키기 위해 영혼을
담아 외치다가 언령까지 써 버릴 뻔한 내게.

"……너, 솔직히 말해. 나, 가슴만 보고 좋아하는 거지?"

나래가 농담 반, 진담 반으로 답했다.

나는 고개를 절레절레 흔들고서 나래에게 대답했다.

"너, 어렸을 때는 평범한 수준이었잖아."

"……"

"……"

이, 이게 아닌가?

내 대답에 안도와 경멸과 한심함과 웃음이 절묘하게 섞인
표정으로 나를 보던 나래는 그 모든 것을 깊은 한숨으로 토
해 내고서 말했다.

"됐어. 너한테 기대한 내가 바보지."

머쓱해져서 머리만 긁적이고 있는 내게 나래가 말했다.

"아, 그리고. 네가 데려온 에이는 세희가 지하 감옥에 가둬
뒀어."

……응?

"우리 집에 감옥이 있었어?"

"세희가 만들던데?"

하긴, 그 녀석이 뭘 못 하겠냐. 난 우리 집 지하에서 로봇이 튀어나와도 그러려니 할 수 있다.

"······어."

하지만 나는 지금 내가 그런 사소한 일에 신경 쓸 때가 아니라는 사실을 깨달았다.

"왜 그래, 성훈아?"

나는 상냥한 미소를 지으며 고개를 갸웃거리는 나래를 보고 등골이 오싹해졌다.

생각해 봐. 지금 아무렇지 않게 넘어갔지만 말이지?

나는 에이에게 직접적인 피해를 입은, 이번 일의 가장 큰 피해자라고 할 수 있는 나래에게 한마디의 의논도 없이 에이를 우리 집에 데려왔다는 걸 들킨 상황이다.

아니, 물어볼 수 있는 상황이 아니긴 했지만! 적어도 사후 통보는 내 입으로 해야 했던 일이다! 나래가 기분 나쁘지 않게 에이를 데려온 이유를 제대로 설명하고 설득, 혹은 허락을 받아야 했으니까!

하지만 그 모든 게 시작도 하지 못하고 끝나 버렸다는 사실을 깨달은 나는 두려움에 떨며 물어볼 수밖에 없었다.

"······화나셨습니까?"

하지만 나래는 그런 나를 초점이 없는 눈으로 바라보다가 피식. 웃음을 흘리고선 내 허벅지를 탁탁 두드리며 장난스럽게 말했다.

"뭘 그렇게 무서워해? 이런 일로 화 안 나. 에이는 네 **사냥**

감, 아니다. 네 **전리품**이잖아?"

평소에는 들을 수 없는 단어 선정에 온몸이 떨릴 때, 나래가 말을 이었다.

"거기다 네가 무슨 생각으로 데려왔는지도 세희가 잘 설명해 줬어. 그러니까 안심해."

그제야 나는 안도의 한숨을 쉴 수 있었다.

"다행이다.

나래가 날 죽일 생각은 아니었구나. 다행이다. 정말 다행이야.

……하지만 그게 에이한테도 다행일까?

"……그래서, 그 녀석은 어떻게 하실 겁니까, 나래 님?"

내 질문에 나래는 그 어느 때보다 상냥하고 아름다운 미소를 지으며 대답했다.

"걱정해 줘서 고마워, 성훈아. 그래도 괜찮아. 내 일은 내가 알아서 할 테니까."

무섭습니다그려.

"그럼 이야기는 여기까지 하고, 좀 더 쉬고 있어. 아직 피곤해 보이니까."

나래의 말대로 아직 몸 상태가 평소 같지는 않았기에 나는 고개를 끄덕였다.

"그럼 난 가 볼게."

"응."

나는 문이 닫힐 때까지 손을 흔들어 나래를 배웅해 준 뒤.

"흠."

평소라면 이쯤에서 튀어나와서 미주알고주알 투덜거릴 녀석에게 말을 걸었다.

"할 말 있으면 빨리 해라. 피곤한 데다 배도 고프니까."

그리고 방구석의 어둠 속에서 목소리가 들려왔다.

"드, 들켰어?"

……아니, 잠깐. 잠깐만! 왜 네가 거기서 나오냐?! 난 세희한테 말한 건데!

"모, 몸은 괘, 괜찮아, 훈?"

그렇게 생각하면서도 나는 당황하지 않기 위해 노력하며 그 인사를 받았다.

"그래."

초대한 적 없지만 초대받은 손님의 인사를 말이지.

"오랜만이다, 밤하늘."

글쓴이의 끼적끼적

안녕하세요. 반갑습니다, 독자 여러분.

한글보다 엑셀이 더 친숙하게 되어 버린 카넬입니다.

이렇게 지면으로 찾아뵙는 것도 벌써······

잠깐 인터넷 검색 좀 하고 오겠습니다.

1년 5개월 만이군요.

그래도 앞으로는 조금 더 빨리 나오도록 힘을 써 보겠습니다.

완결권까지 말이죠.

저로서도 종이책은 책을 쓰게 된 이유였으며, 원동력이었으니까요.

어째서 과거형이 되었냐면, 지금이야 당연히 독자님들께

"이 −검열− 책도 안 내고 튀었구나!! 죽여 버리겠다!!"

라는 질타를 받지 않는 것이 2순위가 되었기 때문입니다.

1순위야, 당연히 독자님들의 사랑 아니겠습니까.

인터넷 연재로 보시지 않은 분들이 계실 수도 있기에 이런 저런 이야기는 하지 않도록 하겠습니다.
그렇기에 오랜만에 뵙게 된 이 자리에서도 그렇게 길게 끼적이지 않을 생각입니다.
하지만 완결권이 나오게 되면, 어떻게든, 뭔 수를 써서든, 그곳이 흔한 인터넷 게시판이 되었든, 독자님들께 조금 더 이어지는 이야기를 들려 드리도록 약속…… 은 조금 약하고요.
맹세하겠습니다.

……어떻게든 자기가 한 말은 지키려고 하는 인간이니, 믿어 주셨으면 합니다.

그리고, 정말로 혹시라도 선연재로 완결 내고 이 인간이 지금까지 다른 글 안 쓰고 뭐 하나 궁금해하시는 분들이 혹시라도 계실지도 몰라 제 근황을 아주 짧게 이야기해 드리자면.

군자금 마련하기 위해 취업했습니다.

그럼 다음 권에서 뵙겠습니다.

추신. 지금까지 독자님들께서 보내 주신 팬레터는 소중히

간직하고 있습니다.

추신2. 저도 독자님들과 어떤 방식으로든 소통을 하고 싶은 마음은 정말 굴뚝같지만, 나호가 완결될 때까지는 옛 약속을 지키기 위해서 그러지 못할 것 같습니다. 정말 죄송합니다.

─── ◆본 작품의 의견, 감상을 기다리고 있습니다◆ ───

보내실 곳 _

서울시 구로구 디지털로 26길 111 JnK디지털타워 503호
우편번호 08390
(주) 디앤씨미디어 시드노벨 편집부

카넬 작가님 앞
영인 작가님 앞

카넬 시드노벨 저작 리스트

『나와 호랑이님』 24
『나와 호랑이님』 23
『나와 호랑이님』 22
『나와 호랑이님』 21
『나와 호랑이님』 20
『나와 호랑이님』 19
『나와 호랑이님』 18
『나와 호랑이님』 17.5
『나와 호랑이님』 17
『나와 호랑이님』 16
『나와 호랑이님』 15
『나와 호랑이님』 앤솔로지 2
『나와 호랑이님』 14.5
『나와 호랑이님』 14
『나와 호랑이님』 13
『나와 호랑이님』 12

『나와 호랑이님』 11
『나와 호랑이님』 10
『나와 호랑이님』 앤솔로지
『나와 호랑이님』 9
『나와 호랑이님』 8.5
『나와 호랑이님』 8
『나와 호랑이님』 7
『나와 호랑이님』 6
『나와 호랑이님』 5.5
『나와 호랑이님』 5
『나와 호랑이님』 4
『나와 호랑이님』 3.5
『나와 호랑이님』 3
『나와 호랑이님』 2
『나와 호랑이님』
『나와 비행소녀』

나와 호랑이님 24

초판 1쇄 발행 2024년 1월 5일

지은이_ 카넬
발행인_ 최원영
편집장_ 이호준
편집디자인_ 한방울
영업_ 김민원

펴낸곳_ (주) 디앤씨미디어
등록_ 2002년 4월 25일 제 20-260호
주소_ 서울시 구로구 디지털로 26길 111 JnK디지털타워 503호
전화_ 02-333-2513(대표)
팩시밀리_ 02-333-2514
E-mail_ seed_dnc@dncmedia.co.kr

값 8,500원

ISBN 979-11-6145-604-1 04810
ISBN 979-11-956396-9-4 (세트)

월영신 지음
REUM 일러스트

천하제일 이인자 10

진백천이 죽었다.

"아아……."
남궁수아의 신형이 휘청거리고,
"진 오빠는 죽지 않았어요!"
유설영은 현실을 부정하며,
"내 눈앞에 녀석을 데려오란 말이다!"
왕사는 악을 쓴다.

그렇게 모두의 마음에 상처를 남긴 채
진백천이 사라진 그 즈음.

강을 따라 한 벌목장에
겨우 숨만 붙은 청년이 떠내려오는데.

"뭔가 다른 소중한 무언가가 기억이 나지 않아요."
"소중한 무언가?"
"여동생이 있었던 것 같고, 아닌 것도 같고……."

시드
북스